Asia Jilimpo

陳明仁

台語文學有聲冊

拋荒的故事

第五輯：田庄人氣紀事

(1書+2CD光碟)

前衛出版
AVANGUARD

《拋荒的故事》

全六輯「友情贊助」

徵信名錄

徐義鎮先生　　褚妏鈺經理　　邱秀鈴小姐　　蔡文欽先生

謝慧貞小姐　　林清祥教授　　鄭詩宗醫師　　忠義先生

張復聚醫師　　陳遠明先生　　賴文樹先生　　吳富焜博士

王寶根先生　　柯巧俐醫師　　莊惠平先生　　謝樂三先生

王宏源先生　　王挺熙先生　　蘇柏薰先生　　懷仁牙科

陳志瑋先生　　洪嘉澤醫師　　花致義先生　　白正欣先生

林邱秀治女士　　李秀鳳小姐　　蘇禎山先生(2套)

林麗茹老師　　楊典錕先生　　蔡松柏先生　　邱瑞山先生

陳政崑先生　　林本信先生　　彭鴻森先生　　張賜勇先生

黃麗美小姐　　梁燉煌先生　　高寶鳳小姐　　李文三先生

戴振宏先生　　呂明哲先生　　李永裕先生　　郭峰月女士

黃耀明先生　　林鐵城先生　　余明道先生　　彭森俊先生

林秀清先生　　陳福當老師　　蔣日盈老師　　陳義弘先生

許文彥先生　　劉政吉先生　　黃玲玲老師　　王樺岳先生

蔡彰雅先生　　程永和先生　　台發國際有限公司

巫凱琳小姐　　江淑慧小姐　　王春義先生　　呂祥雲女士

鄭宗在先生　　吳宜靜小姐　　徐瑤瑤小姐　　羅惠玲小姐

許錦榮先生　　黃永駿先生　　王朝明先生　　林明禮先生

林俊宏董事長　　邱文錫先生(10套)　　戴瑞民先生

林昭明先生　　曾秋富先生　　姜佳雄先生　　馬勝隆先生

汪嘉原先生　　勤拓行　　張珍珍女士　　張星聚醫師

張文震先生　　張渭震醫師　　施永和先生　　張蘋女士

陳武元先生　　黃春記先生　　徐健民先生　　林朝成牧師

陳坤明先生　　鄭曉峰老師　　林麗玉老師　　李文正議員

楊季珍老師　　蕭喻嘉老師　　陳金花老師　　汪緯斌先生
陳金虎先生　　張炳森老師　　謝禎博先生　　林昭銘先生
丁鳳珍老師　　李青青小姐　　李維林先生　　郭美秀小姐
黃壬勇先生　　蘇正玄先生　　涂慶信先生　　黃秀枝小姐
邱小姐　　梁家豐先生　　吳新福先生　　黃振卿先生
郭文卿先生　　李文雄先生　　許武偉先生　　高澤仁先生
高淑慧小姐　　錢秀足小姐　　林定緯先生　　黃世民先生
洪永叡律師　　江鶯鑾小姐　　陳榮祥先生　　何淑敏小姐
郭進輝先生　　蔣鴻麟先生　　王藝明先生　　林禹先生
陳永鑫先生　　鄭書勉女士　　鄭明益先生　　廖秀齡小姐
多田惠先生　　王競雄執行董事　　邱儒慧老師(2套)
蔡淑卿小姐　　黃晴晏小姐　　林桂華小姐　　楊啓甫先生
黃月春老師　　林輝彬先生　　林秀芬小姐　　周福南先生
謝金色老師　　楊婷婷老師　　江先生　　李坦坦女士
黃江淑女士　　吳仲堯老師　　許慧盈小姐　　應鳳凰老師
劉嘉淑藝術總監(2套)　　于靜元小姐　　江澄樹老師
陳邦美小姐　　羅富農先生　　陳正雄先生　　黃伯仲先生
胡寬美小姐　　王維熙先生　　林晢陽牧師(20套)
許俊嵩先生　　許俊偉先生　　莊昌善先生　　鄭正煜老師
陳惠世牧師　　王登科先生　　楊文德先生　　戴良彬先生
王輝龍先生　　陳有信經理　　李年登先生　　黃正成先生
鄭嘉勝先生　　鄭佳毓先生　　藍春瑞老師　　林美麗小姐
洪媛麗小姐　　蔡詠淯先生　　洪健斌先生　　林裕凱先生
林正雄先生　　黃士玲小姐　　謝惠貞小姐　　簡秋榮先生

目次 _____

編輯說明

桌頭按語 /番仔火

一、本冊：《拋荒的故事》，前身爲台文作家 Asia Jilimpo (陳明仁)所寫「教羅漢字版」台語散文故事集《Pha 荒 ê 故事》，改寫爲「台羅漢字版」(書後仍附陳明仁教羅漢字版原著文本，已有台語文閱讀基礎者可直接閱讀)，以故事屬性分輯，配有聲冊型式再出版。分輯篇目請見書後所附《拋荒的故事》有聲出版計畫表。

二、本冊所用台語羅馬字音標符號，依據教育部所公佈之「台灣閩南語羅馬字拼音方案」(簡稱台羅拼音)。其音標標記符號，請參酌書末所附「台灣羅馬字音標符號及例字」，應該是幾小時內就可以學會。

三、本冊所用台語漢字，主要依據教育部「台灣閩南語常用詞辭典」用字，僅有極少部

分不明確或有爭議的台音漢字，仍以羅馬字先行標寫，完全不妨礙閱讀連貫性。至於其「正字」或「本字」，期待方家、學者有以教正。

　　四、本冊顧慮到多數台語文初學者易於進入情況，凡每篇第一次出現的「台語生字」，都盡可能在行文當頁下方標註羅馬音標及中文註解，字音字義對照，一目瞭然。

　　五、本冊為「漢羅台語文學」，閱讀先決條件是：1.用台灣話思考；2.學會羅馬字音標。已經定型習慣華文的讀者，初學或許會格格不入，但只要會聽、講台語，腦筋轉一下，反覆拿捏體會練習，自然迎刃而解。

　　六、本冊另精心製作有聲 CD，用口白唸讀及精緻配樂型態呈現台語文學境界，其口白唸讀和文本文字都一音一字精準對應，初學者可資對照學習。但即使不看文本，光是聽CD，也可以充分感覺台語的美氣，台灣的鄉土味、人情味，農村社會的在地情景，以及用文學表現出來的故事性、趣味性，的確是一種台語人無比的會心享受。

　　七、「台語文學」在我們台灣，算是制式教育及主流文壇制約、排擠、蔑視下的純自覺、自發性本土文化智慧產物(你要視為是一種抵抗體制的反彈，那也有十足的道理)。好在我們已有不少前行代台語文作家屈身帶頭起行了，而且已經有相當可觀的作品成績，只是我們尚未發覺，或根本不想進入罷了，這是極為可惜的事。

　　八、身為一位長年在華文字堆打滾的台灣編輯匠，如今能「讀得到」我們阿公、阿媽、老爸、老母教給我們的家庭、社會話語，能「聽得到」用我們台灣母土語言寫出來的書面文字，實感身心暢快，腦門清明，親近、貼切又實在。也寄語台灣人，台語復興、台文開創運動的時代已經來了，你就是先知先覺的那一位。

　　其實台語、台文並不困難，開始說、讀、寫就是了。阿門，阿彌陀佛。

Pha-hng ê Kòo-sū

《拋荒的故事》

第五輯：田庄人氣紀事

原著／Asia Jilimpo (陳明仁)

漢字改寫／蔡詠淯

中文註解／蔡詠淯　陳豐惠　陳明仁

插畫／林振生

（台羅漢字版）

作者畫像素描

「Pha 荒 ê 故事」ê 故事

陳明仁

熟 sāi 台語文界 ê 讀者早就知影，《台文 BONG 報》ta̍k 期 lóng 會刊 1 篇散文小說「Pha 荒 ê 故事」，作者是《BONG 報》ê 總編輯陳明仁。Ùi 幾個所在 thang 知影，第一，文字風格，《台文 BONG 報》ta̍k 期 lóng 有小說，作者 Babuja A. Sidaia，ùi《A-chhûn》這本小說集出版，thang 知影是陳明仁 ê 筆名，「Pha 荒 ê 故事」用詞 kap 語法 lóng kap Babuja 差不多。第二，筆名 Asia Jilimpo，縮寫 A. J.，kap A 仁 kāng 款，koh 真 chē 人知影 A 仁是出世 tī 彰化 ê 二林，古稱二林堡。Asia 會 sái 講是『亞細亞』，m̄-koh 作者真正是 1 個生活上 ê a 舍，厝內事 lóng m̄-bat，kan-taⁿ 趣味 tī 文學生活 niâ，真正是 1 個來自二林 ê『活寶』。第

三, tòa 台灣 ê 朋友有機會 tī tàk 個禮拜 chái 起時 9 點到 10 點收聽中廣電台播出, 節目 ê 名稱是「走 chhōe 台灣」, 由雅玲小姐 kap A 仁主持, 1 禮拜 A 仁唸 1 篇「Pha 荒 ê 故事」, 雅玲負責配故事 ê 背景音樂, koh kap 作者討論作品內涵 kap 價值觀。

我寫這個系列 ê 故事, 原本 m̄ 是講 jōa 有計劃--ê, hit chūn 為著作者 ê 願, 有開 1 間巢窟(Châu-khut)咖啡店, 意思是 beh hō͘ 1 kóa tī 台灣這款社會思想 ná 像亂賊、土匪這款人, 會 tàng 來行踏 ê 所在;作者 han-bān 經營, 這 chūn 都也倒店--a。Hit 時我 1 工有超過 10 點鐘 ê 時間 lóng tī 巢窟, 我 ê 工作電腦就 khǹg tī hia, 若有熟 sāi 客來, 我就 hioh-khùn, kap 人 lim 咖啡、開講、撞球, 心情平靜就寫作, 想講 beh 為台語文 ê 散文小說寫出另外 1 種風格, 頭 1 篇〈大崙 ê a 太 kap 砂礑〉就是用「巢窟散文」ê 總名 tī《台文 BONG 報》發表。寫到第 5 篇〈沿路 chhiau-chhōe gín-á 時〉, 本底 kap 我 tī 中廣做「走 chhōe 台灣」ê

雅玲建議 tī 電台唸讀，hō 聽眾有機會 ùi 聲音去感受台語文學。就 án-ni 開始，我 1 禮拜寫 1 篇，ta̍k 篇 lóng 控制 tī 差不多字數，起造 1 種講故事兼有散文詩氣味 ê 文體，講是小說，koh 對白講話 khah 少，是為聲音文學所經營 ê 文學。

講著「Pha 荒 ê 故事」ê 寫作意涵，我是傳統作 sit gín-á，田園 m̄ 作，放 leh 發草，就叫做「pha 荒」。有 1 tè 歌「思念故鄉」，內底有 1 句歌詞是我真 kah-ì--ê：

為何愛情來拋荒(pha-hng)？

田園無好禮 á 種作、管理，就會 hō pha 荒 --去，愛情比田園 koh-khah 敏感，若無斟酌 kā 經營管理，當然 koh-khah 會 hō pha 荒--去。Che 是 kā 具體 ê 用詞意念化，台語文本底講 --ê，lóng 是具體、寫實--ê，若 beh 提升做文學語，需要 1 kóa ùi 具體物提煉--來 ê 書面語詞，我就是用這款意念，beh 開發另外 1 種母語文學 ê 寫作風格--ê。Tī《A-chhûn》這本小說、

戲劇集,有收 1 篇舞臺劇〈老歲 á 人〉,笑
詼笑詼,講實--ê,我是 leh 寫 1 種 pha 荒 ê 價
值觀,台灣古典 ê 農業社會有發展 i ka-tī ê 價
值,m̄-koh tī 現代社會,生活條件 kap 環境齊
(chiâu)改變,價值觀當然有無 kâng,m̄-koh 農
業社會 ê 老歲 á 人,in 為著語言 ê 制限,無法
tō 接受現代社會 ê 價值觀,致使傳統 ê 台灣人
價值觀念,tī 現此時 ê 社會環境 soah 變做笑
話,m̄ 知有 jōa chē 人 leh 看〈老歲 á 人〉這齣
舞臺劇演出 ê 時,笑 gah 攬肚臍,我 mā 為著
觀眾 kan-taⁿ 笑 niâ,ka-tī leh 流目屎。

　　價值觀是經過比 phēng--ê,m̄ 是絕對--ê,
「Pha 荒 ê 故事」,我 tàk 篇 lóng 是用現代做
起頭,chiah 講 1 個五○、六○年代台灣農業
社會 ê 故事,透過故事,kā 本底台灣人所堅持
ê 價值 thèh 來做比 phēng,m̄-koh 比 phēng 是讀
者讀了 ê khang-khòe,作者無 tī 文學進行中加
話。經過比 phēng,lán thang 了解,台灣社會
環境kap 生活所 óa 靠 ê 條件提供 lán siáⁿ-mih
價值,造成台灣 siáⁿ-mih 性格,ùi chia,lán

thang 理解未來台灣人 tī 傳統 ê 下 kha，lán beh chóaⁿ 建立新 ê 台灣性格，che 是台灣文化 ê 大工事，我 siàu 想 beh 做疊磚 á 角 iah 是 khōng 紅毛塗 ê 地基。

有時 á 我 mā 會跳脫台灣 ê 古早，kap 現代做比 phēng，親像〈離緣〉這篇，hit 時我 ka-tī mā 有婚姻 ê 困境，想著米國作家 mā bat 處理過這款題材，he 是米國人用 in 古典對婚姻 ê 價值觀，hō͘ 讀者做反省--ê，我專工用西方 ê 觀念，來 kap 台灣做 1 個比 phēng，mā hō͘ ka-tī 婚姻問題看會 tàng chhōe 有 kóa 出路--bē。

為 beh 兼顧散文效果，我講故事 ê 時，有專工寫境、寫情，用口語式 ê 書面語製造 1 種文學情境，kap 中文 ê 文學語無 siáⁿ kāng 款 ê 表達方式，口語 mā 會 tàng 有 súi ê 文學境界，台語文現代 iáu 無眞 chē 書面語 thang 利用，lán 這時需要用口語做地基，chiah 有未來 lán ka-tī 母語 ê 書面語文學。

〔編按〕以上羅馬字音標為「教會白話字」系統）

第五輯　田庄人氣紀事

「庄的人氣者」，主角「恩--仔」是我細漢的記智，當然造型 kap 性格是虛構的，這篇是專工 beh kā 我出世囡仔時代 iap-thiap 的故鄉二林鎮原斗里週近的地頭做紹介。這些小庄頭若無文學作品寫出來，少人知，有幾個讀者 kā 我感謝，講 i 就是出現 tī 作品 nih 庄頭出世--ê。

「山の人氣物」這首歌，曲是德國民謠，日本改編填詞，台語歌 koh 重寫詞 hōo 洪一峰唱，有合本文主題，專工替 i 宣傳，mā 紀念做仙 ê 洪一峰先生。

當然 tī「樂--仔的音樂生涯」真正予恩--仔一個有尊嚴的身份，mā 是筆者專工鋪排的。兩篇寫 ê 時間無 kāng 時，tī 這輯 khioh 做夥，tse 就是「拋荒的故事」連環小說的心適性，某一個人物 tī 作品是配角，別篇變主角，我寫 kah 真歡喜。鱸鰻松--仔內底 ê 苦主樂--仔，煞

變天才音樂家「理樂」，koh 娶 suí-bóo，m̄ 是
hit個指揮，筆者專工點鴛鴦譜。

「純情王寶釧」的莊書文 mā 會 tī 第六輯
「豬寮成--仔 kap 阿麗」出場，連「指甲花」
（第一輯）A-tsiáng 無緣的未婚夫都會 tī 本文
改變形象，tse 就是創作者的專門作弄。

「痟德--仔掠牛」講的正是眞正巴西慕義
教會六家村的歷史故事，巴西向世界各國請求
移民，kap 台灣的「中華民國」無邦交，由日
本的基督教會透過台灣基督長老教會推薦移民
巴西，有送土地、厝 kap 牛開墾。本底阮老父
mā beh 去，i 非信徒，牧師 beh 想辦法成全，尾
--仔阮阿公跪求、阻擋，若無陳明仁就變巴西
人，慕義教會聖保羅就是「七家村」。

「祖師爺掠童乩」kā 眞 tsē 人物寫入--去，
其中「清義--仔」安排 tī 第六輯「清義--仔選里
長」出場，其實是這篇先寫，因爲單元性質收
錄第六輯，請諒解。「祖師爺掠童乩」kā「離
緣」的阿文--哥娶著「仙品」做 bóo，「雲仔
舍」補償 i 的土地做一個交待。無「蓮治」有

「仙品」mā 是好運。痟德--仔疼牛，阿文--哥會 sut 牛，為著仙品做童乩，kā 阿文 tàu iā 肥料會失禮，tsiah 是這篇上重要的。台灣人道歉是用行動表示，m̄ 是喙唇皮仔無誠意的。

感謝李勤岸、丁鳳珍兩位教授情誼相thing。

（〔編按〕以上羅馬字採新式「台灣羅馬字」音標）

《拋荒的故事》第五輯
「田庄人氣紀事」導讀
人氣是一項資產

廖瑞銘

中山醫學大學台灣語文學系教授
兼通識教育中心主任

　　人氣就是人緣，就是現代人所說的「知名度」，是一項無形的資產。不僅工商社會的人用盡各種方法去累積人氣，就是在那個拋荒的年代，封閉的田庄社會裡，人氣指數也可以代換成實質的利益。工商社會建立人氣的方法，不外乎由公關公司、行銷專家精心設計建立形象，再透過大眾媒體，花大錢大力廣告放送。舊時代的農村社會，人氣指數卻不是花錢經營來的，通常是一種特殊的專長或者是一種可靠的人格特質，在特定的人際網絡中，長期建立

起來的。《拋荒的故事》第四輯故事中的主角人物，就大都具備這種特質，而也只有在那個人與人之間有直接網絡關係的時代，才會出現那些溫馨感人的故事。

這一輯收錄六篇：〈乞食：庄的人氣者〉、〈鱸鰻松--仔〉、〈樂--仔的音樂生涯〉、〈瘠德--仔掠牛〉、〈祖師爺掠童乩〉、〈純情王寶釧〉。每一篇都敘述一種拋荒年代的行業或是娛樂，老實說，故事本身只是一種藉口、一種裝飾，作者阿仁真正的意圖應該是要藉著母語述說這些故事，來保存母語，以及寄託那些已經消失的人情世事與社會風貌。

堅持職業尊嚴

在傳統社會觀念裡，「乞食」就是現代社會的遊民，英文說是 homeless，怎麼說都不是體面的「行業」，不過，由於乞食 Un--仔的工作表現很「專業」，而且堅守「行規」，在那

拋荒的台灣社會，不但沒有受到什麼侮辱性的待遇，還贏得相當的尊重。作者描述乞食Un--仔的專業表現有：

一、乞討區劃定如行政區域般的明確，而且絕不越區乞討。乞食 Un--仔的「分區包括阮竹圍仔庄、牛牢仔庄、過溝仔、大人(Tuā-lâng)庄仔佮面前厝(民靖)，涵蓋竹塘鄉(蘆竹塘)的民靖村佮二林鎮的原斗里(橋仔頭)、復興里(老窯)、東華里」，比派出所的管區還大。他很守本份，乞討的路線固定，比較熱鬧的街上、自己幾代居住的庄頭──老窯庄，他都會遵守「行規」，跳過去，不乞討。

二、職業裝備齊全、穿著特別。乞食 Un--仔的基本裝備是「一枝竹篙箆仔做柺仔、一跤鹹草編的茭薦仔佮一跤人貯粟仔用的亞麻袋仔」，全年不分季節，只有那 101 套──補了又補，像現代年輕人非常時髦的彩色補丁裝。行頭也「酷」斃了──比今天流行的背包還「酷」的茭薦仔，外加墨鏡。每天在乞討區內步行走透透，那種形象在日常生活中自然形

成，根本不需要宣傳廣告。

三、有特殊專長，回報社會。乞食 Un--仔的歌喉好，有如古代的「吟遊詩人」，不論人家給他番藷或米糧，他都會唱乞食調跟人誠懇地感恩回報。另外，傳統農村的小孩子一出生就去算命，「命底」不好的小孩，算命先生有幾種對策可以改運，其中一種就是去找那些命不好的人認他做乾爹。乞食 Un--仔因為這項迷信，就多了很多兒女，「干焦阮庄--裡就有十外个囝仔叫伊阿爸」。又因為凡是認他做乾爹的家戶，他都會顧兒子的面子，跳過去不乞討。乾兒子多到需要請秘書來幫他造冊，實在有夠誇張。村裡頭還有一句地方性俗語，諷刺某人的命底實在有夠壞，就說他「認悾 Un--仔做老爸嘛無解」，正可以反映 Un--仔在村裡的「權威性」。

〈鱸鰻松--仔〉這篇主角的「職業」——鱸鰻——更不像話，不但不光榮，甚至是社會負面評價的身份。作者曾經在寫自己父親故人略歷時說「獨獨三項職業咱陳家規定毋通

做，警察、法官佮鱸鰻」（〈1 個土地種作的藝術者——寫阮阿爸陳西江先生〉）。可是，作者同樣把鱸鰻松--仔描寫成一個嚴守本份，具有職業倫理的人。「我」的經驗是，有一天大清早，碰到鱸鰻松--仔，本來要給他錢去買零食，因為口袋裡剛好沒錢，說等以後再補給他。就這麼一件小事，鱸鰻松--仔也能記很久，講信用，可見他的人格特質之一般。又，鱸鰻松--仔因為「處理」樂--仔與Khám章的糾紛而入獄，樂--仔跟他阿爸去跟他面會，卻被他罵，說監獄這種地方不是一般作穡的古意人來的。松--仔守自己的本份，用「江湖人」的方式去解決別人的問題，卻不願意去拖累別人，有替世人贖罪的豪氣。最後的下場還是為了替人家討公道而再度被判刑入獄，「聽講佇街--裡有人跋歹筊，諞人的錢，松叔--仔替人去欲討一個公道，煞起唐突，錯手拍--死-人，當場予警察掠--去，這擺就判真重--矣」。社會對於松--仔的回報就反映在他出殯的場面，作者也藉此反映了拋荒年代的社會價值觀。

　　〈純情王寶釧〉裡頭的「眞秀園」戲班的苦旦何明霞(阿霞)，也是靠她精湛的演出，贏得觀眾對她的超高人氣。而且非常堅守戲子的職業尊嚴，戲迷的賞金、招待可以接受，但是有關個人的婚姻大事還是要嚴肅對待。戲班頭家對超級戲迷莊先生說，雖然你對戲班及阿霞非常照顧，不過，阿霞是一個非常好的女孩，戲班還是得堅持嚴正的原則：「你若眞正有佮意，規氣就共娶娶--咧，伊是自由--的，無欠戲班一銑錢，隨時會使離開，阮這班阿霞是上蓋上腳的小旦無毋著，毋過阮攏眞惜--伊，伊若有幸福的歸宿，比啥攏較要緊。」又，雖然莊先生想先借長工阿財的「人頭」將阿霞娶過門，再將她轉成自己的小老婆，但是，最後阿霞選擇實質嫁給阿財，破壞了莊先生的如意算盤。莊先生怪阿霞戲子無情，阿霞反嗆說：「阮做戲--的上純情，你歌仔戲看遐久，敢毋知阮講是一女不配二夫！我都阿財的某--矣，欲按怎閣配--你？」戲裡戲外都是同一個價值觀，也是屬於職業倫理。

庶民娛樂史

在那拋荒的年代，不像今天，娛樂事業、電視、電影都很發達，隨時隨地可以欣賞到各種表演藝術。農村社會要聽音樂表演，最多的場合是婚喪喜慶的時候。要看戲，就是年節或是各民間信仰神明慶典時，到廟口看歌仔戲、布袋戲，南管、北管。另外，農民也會在閒暇時，挨弦仔、唱歌撬曲，自己娛樂自己。至於專業的音樂、戲劇藝術教育或是表演，就是罕見的奢侈了。

〈純情王寶釧〉講的是台灣歌仔戲從野台走入電視、電影的初期，農村社會追星的一段佳話。因為自從電視台開始演歌仔戲以後，一切演出都是為適合鏡頭安排的表演，跟觀眾的距離很遠，沒有臨場的互動關係，感覺氣味不對，自然流失了原有的觀眾，而這個故事是野台歌仔戲在廟口演出的時代發生的。作者將當時野台歌仔戲演出的盛況，及出資請戲班演

戲、戲迷捧角的細節，一五一十地記錄下來，
是台灣歌仔戲歷史很有參考價值的片段。

〈樂--仔的音樂生涯〉寫主角樂--仔在那拋
荒年代的農村，如何走入正統音樂的過程，以
及農村的音樂活動，其實比較像是一篇庶民娛
樂史。

樂--仔有音樂上的恩賜只是成長在作穡人
的家庭，得不到較好的造就。唯一的音樂教
育只有是「庄--裡上 gâu 挨弦仔的阿 khín 仔伯
開始教伊音律，在來in教曲攏用傳統的五音調
仔，i 庄--裡的挨弦仔班有八个人，干焦樂--仔
一个囡仔爾。」村裡另外一個音樂家是乞食
Un--仔，樂--仔也拜他為師。樂--仔挨弦仔與
Un--仔捧一個手風琴唱乞食調，一老一少的音
樂居然把整個村莊吵得活潑起來。

樂--仔在家裡幫忙做農事一直到 18 歲，只
有在收冬之後，到廟埕跟人挨弦仔玩玩，那時
他的師父 Un--仔 退休不乞討了，就把手風琴
送他。村裡的教會牧師把一些有音樂專長的教
友集合起來組一個西樂團，後來改做西樂隊，

專門為民間出殯奏樂，就是通俗所說的「si so mi」。樂--仔家裡本來並不鼓勵他去學音樂，說「做戲、剃頭、歕鼓吹」是民間三大賤業，樂--仔只好轉去教會，加入他們的西樂隊，玩各種樂器。

樂--仔在西樂隊不但有機會玩音樂，還賺到一個妻子。在一次音樂晚會過後，「就有人來共樂--仔 in阿爸講欲做親成，in 後生佮一个年歲相當的教會姊妹咧戀愛，就是彼暝歕 Flute 彼个，iin 老爸才落軟答應，先訂婚，等樂--仔退伍轉--來才娶入門。」之後，樂--仔就搬離開村裡，不再作農，開一間音樂教室，改行當真正的音樂人士。

對傳統行業的細膩記錄

〈痟德--仔掠牛〉藉著痟德--仔體貼牛的故事，了解作穡人堅持不吃牛肉的心情，以及農村社會買賣牛隻的細節。

首先，是描寫農民經過幾個世代以後，所

擁有的土地，不斷分割的實例。像痀德--仔這一家，從阿太時代到他這一代，土地持分只剩下一滴滴：「In 阿太的時代，in 莊--家的土地是附近上大遍--的，了後一代閣一代，男丁傷旺，一直分家伙」阿太傳到阿祖五兄弟，傳到阿公六兄弟，再傳到阿爸六兄弟，到阿德這一代七兄弟一分，只剩下甲外地。阿德阿爸得的財產是祖太的 180 分之一。

因此，阿德必須要拚命工作賺錢，可以說是不分日夜地做工，村裡的人才會私底下叫他痀德--仔，這不完全是貶低的意思，實在有褒揚的意思在內。德--仔從 13 歲起就下田工作，駛、犁、紡、拖捋筒(luah-tâng)、拍磟碡(lak-tak)、扞手耙，每一項都會——這些工作細節的描述，今天幾乎已經成為農業文獻了。

德--仔照顧他的牛很體貼，「比人咧顧某較體貼、溫柔，牛驚熱，德仔共沖水若像洗身軀按呢，出門嘛攏紮一支長靴管，溝仔邊隨時舀水共淋。i 痀德--仔食到二十外猶未娶，牛比某較重要。」作者描寫牛過世後，阿德想念牛

的那段感情書寫，是台灣文學中很罕見的動人
片段：

　　死牛欲予人車去燒掉彼早起，德--仔一
　个人坐佇溝仔邊，看溝仔水悠悠仔流，風
　一陣一陣對竹仔尾搖--落-來，共溝仔底
　的雲影佮 khóng 的天挲甲一翎一翎，遮是
　伊逐工牽牛來 kō 浴的所在，伊放聲吼，袂
　輸死爸死母彼款吼聲，共透早的田園罩一
　沿哀愁的濛霧。

　　阿德相牛的過程，更是精彩珍貴的行業報
導文學。

　　原來是村裡有人要移民搬去巴西開墾，才
要賣牛，找阿德去看。阿德幾乎是用娶老婆相
親的態度去相牛，要找到一隻像他過世的那隻
牛才肯買。因為他認為牛跟人一樣，必須互相
知道個性，「牛有牛性，干焦勇，若毋知性，
伊袂聽咱教。人會當用講話相知影性，牛佮咱
無話講，欲知性較慳，予我加看--幾-隻-仔，
無差彼幾工。我毋是嫌貴，是驚掠著歹性地的
牛，彼就真費氣！」

　　最後，牛是對方送的，阿德則是請一台大
戲到對方村裡去演，說是要爲遠離家鄉移民巴
西的鄉親送行，其實也做爲一種回報。

　　〈祖師爺掠童乩〉是講另一種農村民間信
仰習俗——選童乩的過程，透過這篇故事，可
以了解拋荒年代，從平埔族過渡到漢人社會的
民間信仰演變。原來台灣農村只有平埔族留下
來的尪姨，沒有廟、沒有童乩，「一直到彼間
土地公廟仔 翻做祖師廟了後，廟--裡有跋桮選
出頭家、爐主，才有欠童乩。」又，後來才知
道「童乩免學，是神揀--的，毋是清彩人講欲
做就會使--得-的。」

　　童乩是神職，雖然沒有月薪可以領，可是
總會有信徒來跋桮、抽籤、問神，都必須童乩
做人神的中介，多少會包點錢意思意思，很
多人還眞想要這個缺，只可惜祖師爺都看不上
眼。好不容易，阿文哥的太太品--仔跋桮有允
三桮，又有發香爐的兆頭，表示祖師爺很合
意。阿文哥原本不同意，又經過一些波折，才
同意。作者把這段神明揀選童乩的過程，描寫

得非常曲折離奇。反映了這種民間神明的儀式運作，不只是單純的宗教成分，也涉及地方經濟、人際網絡的角力。

靈活的敘事策略

《拋荒的故事》系列故事集，表面上看，是一篇一篇個別的故事，各有主角及主題。實際上，各篇之間又都犬牙交錯具有互文關係，共同營造出一個立體的二林小鄉鎮風情畫。例如本輯中，〈樂--仔的音樂生涯〉就補充描寫了乞食Un--仔的身世故事。〈鱸鰻松--仔〉這篇又會提到學音樂的樂--仔。〈祖師爺掠童乩〉中揀選童乩的過程，出現了更多的二林人物，包括爐主痟德--仔及四個頭家欽--仔、意--仔、清--仔佮阿生。來「應徵」童乩的有豬寮成--仔、清義--仔。還有跟蓮治離緣的阿文哥和他的妻子品--仔。

為了超越敘述者「我」的視野，作者會假借機會對故事主角做近身的描寫，增加真實

性，例如〈乞食：庄的人氣者〉，最後，就是製造機會，讓「我」跟著「猴松」進入乞食Un--仔的世界：「我飼牛、炕窯的囡仔伴『猴松』欲去老窯 Un--仔 in 兜送禮，招我佮伊做伴。我是真好玄的囡仔，足興聽 Un--仔唱歌，嘛真想欲知影 in 兜啥款，就佮伊鬥陣去」。

〈鱸鰻松--仔〉裡頭，鱸鰻松--仔是單獨去找 Khám 章理論的，照理說外人是不可能知道過程詳情的，可是作者透過老窯孩子傳話，竟然可以把鱸鰻松--仔與 Khám 章的打鬥場面，描寫得無比鮮活：

> Khám 章爭倚去欲拍松 -- 仔，哪知松 -- 仔是有拳頭底 -- 的，使一个勢，出手去抾章 -- 仔的拳，順勢共伊引力撥去邊 -- 仔，章 -- 仔無兩下手，就仆佇塗跤，松 -- 仔吩咐伊愛僥檳榔薰來竹圍仔庄請，通庄踅一輾會失禮。趁松仔越頭欲騎鐵馬，章仔攑一支糞攕對後壁偷搝，松 -- 仔手後曲去予攕 -- 著，跋落鐵馬，看章 -- 仔糞攕利劍劍閣爭 -- 來，就共鐵馬拎 -- 起 - 來，當

做武器咧回糞攕，無幾下手，章 -- 仔攕仔
予鐵馬的手扞仔架 (ké) 落 -- 去，松 -- 仔共
鐵馬抨塗跤，換抾彼支糞攕做家私，搦著
章 -- 仔的腹肚邊，章 -- 仔跪 -- 落喝「毋敢
-- 矣」，答應欲捧檳榔薰來共樂 -- 仔會失
禮。松 -- 仔用喙咬咧衫仔裾尾，另外一手
去攑一 liau 落 -- 來，用喙佮手配合，共手
後曲包 -- 咧止血就鐵馬扶 -- 起 - 來，騎轉
去竹圍仔睏。

　這種武打場面的描寫，在 1920 年代鄭溪泮
的白話字小說《Chhut-sí-sòaⁿ》(出死線)有類似
的技巧，或許可以視爲具有某種程度的傳承關
係。

　讀阿仁的台語作品最特別的經驗是，無論
從題材、人物、描寫或語言各方面來看，一點
都看不到中國文學的元素、遺留，渾然天成是
獨立的語文作品，尤其故事中所呈現的物質與
精神風貌也純粹自成一個文化世界，這才是後
殖民文學論述最高的實踐。只是不知道這種文
化主體性有多少台灣人能體會，會不會是台灣

建國的趨動能量，在未來有實現的可能？還是
只停留在拋荒的年代，僅供憑弔的「烏托邦」
式的生活畫面，永遠喚不回了？

乞食[1]—庄的人氣者[2]

這个[3]時代傳播媒體的世界，政治人、演藝者上蓋[4]有知名度，佇[5]我囡仔時[6]，上蓋濟[7]人捌[8]--的是乞食。

傳統的社會觀念內底[9]，乞食毋[10]是偌[11]有

---

[1] 乞食：khit-tsiáh, 乞丐。

[2] 人氣者：jîn-khì-tsiá, 日文，大紅人、備受歡迎的人。

[3] 个：ê, 個。

[4] 上蓋：siōng-kài, 最。

[5] 佇：tī, 在。

[6] 囡仔時：gín-á-sî, 小時候。

[7] 濟：tsē, 多。

[8] 捌：bat, 認識。

[9] 內底：lāi-té, 裡面。

[10] 毋：m̄, 否定詞。

[11] 偌：juā, 多麼，表示感嘆。

榮光的頭路[12]，一个普通人欲[13]改途共[14]人伸手
分食[15]，面底皮[16]袂堪--得[17]，乞食佇阮[18]遐[19]會
使[20]講是「孤行獨市[21]」--的，比公賣局閣較[22]
在穩[23]。

　　自我知影代誌[24]，佇阮附近的庄頭[25]咧[26]
分食--的就干焦[27]Un--仔一个人，Un--仔是

12　頭路：thâu-lōo，職業、工作。

13　欲：beh，要、想，表示意願。

14　共：kā，跟、向。

15　分食：pun-tsiáh，乞食、要飯。

16　面底皮：bīn-té-phuê，面子。

17　袂堪--得：bē-kham--tit，不堪 ...、受不了。

18　阮：guán，我們，不包括聽話者。

19　遐：hia，那裡。

20　會使：ē-sái，可以、能夠。

21　孤行獨市：koo-hâng tȯk-tshī，獨占行業、獨門生意。

22　閣較：koh-khah，更加。

23　在穩：tsāi-ún，穩妥、穩當、篤定。

24　知影代誌：tsai-iánn tāi-tsì，懂事。

25　庄頭：tsng-thâu，村子、村落。

26　咧：leh，表示現狀、長時間如此。

27　干焦：kan-tann，只有、僅僅。

伊[28]的名，這陣[29]推想--起-來，漢字應該是
「恩」，嘛[30]毋知是伊的本名抑是[31]做乞食才
改的「藝名」，毋過[32]一个乞食共人分[33]，望
人施「恩」，也感謝天公伯--仔的恩典，予[34]
伊免趁[35]有通[36]食穿[37]，進一步來講，提供人有
「施捨」的機會，嘛是予人一个「恩情」，會
使講是一个真適當的乞食名。我猶[38]毋是真知
敢[39]真正是這字「恩」，彼个[40]時代無啥人[41]捌

28　伊：i，他、她、牠、它，第三人稱單數代名詞。
29　這陣：tsit-tsūn，這時候。
30　嘛：mā，也。
31　抑是：iah-sī，或是。
32　毋過：m̄-koh，不過、但是。
33　分：pun，乞討。
34　予：hōo，給、給予。
35　趁：thàn，賺。
36　有通：ū-thang，有得。
37　食穿：tsiàh-tshīng，衣食、吃穿。
38　猶：iáu，還。
39　敢：kám，疑問副詞，提問問句。
40　彼个：hit ê，那個。
41　啥人：siánn-lâng，誰、什麼人。

字[42]，我干焦知影[43]是「un」這个音 niâ[44]。大
部分阮遮的人攏[45]供體[46]伊是「悾[47]Un--仔」；
在來[48]的觀念，攏想講若無悾，哪會[49]去做乞
食！

　　徛[50]佇做乞食的專業來講，我是真尊重
Un--仔，伊的「分區」是阮竹圍仔庄、牛牢仔
庄、過溝仔、大人[51]庄仔佮[52]面前厝[53]，涵蓋
竹塘鄉[54]的民靖村佮二林鎮的原斗里[55]、復興

---

[42] 捌字：bat-jī，識字。

[43] 知影：tsai-iánn，知道。

[44] niâ：而已。

[45] 攏：lóng，都。

[46] 供體：king-thé，挖苦、諷刺。

[47] 悾：khong，傻傻呆呆的。

[48] 在來：tsāi-lâi，一向、向來。

[49] 哪會：nah ē，怎麼會。

[50] 徛：khiā，站。

[51] 大人：Tuā-lâng，此為村名。

[52] 佮：kap，和、與。

[53] 面前厝：民靖村。

[54] 竹塘鄉：蘆竹塘。

[55] 原斗里：橋仔頭。

里[56]、東華里，分區較闊[57]過[58]派出所的管區。
Un--仔一枝竹篙[59]箠仔[60]做枴仔[61]、一跤[62]鹹草[63]
編的加薦仔[64]佮一跤人貯[65]粟仔[66]用--的亞麻袋
仔，用步輦[67]--的行透透[68]。別位仔[69]有的乞食
干焦欲分現金佮較輕、值錢的物件[70]，庄跤人[71]

---

[56] 復興里：老窯。

[57] 闊：khuah, 廣、寬。

[58] 過：kuè, 表示超越，用於比較。

[59] 竹篙：tik-ko, 竹竿、竿子。

[60] 箠仔：tshuê-á, 小棍子。

[61] 枴仔：kuái-á, 枴杖、手杖。

[62] 跤：kha。只。計算鞋子、戒指、皮箱等物的單位。

[63] 鹹草：kiâm-tsháu, 藺草。

[64] 加薦仔：ka-tsì-á, 藺草編織的手提袋。

[65] 貯：té, 裝、盛。

[66] 粟仔：tshik-á, 稻穀、穀子。

[67] 步輦：pōo-lián, 步行、徒步。

[68] 行透透：kiânn-thàu-thàu, 走遍。行：kiânn, 行走。透透：thàu-thàu, 透徹。

[69] 別位仔：pat-uī-á, 別處、他處、其他地方。

[70] 物件：mih-kiānn, 東西。

[71] 庄跤人：tsng-kha-lâng, 鄉下人。

欲哪[72]有現金通[73]分--人？這款[74]分--的阮遐有一个特別稱呼——大本乞食。大本乞食若無去都市，佇庄跤所在[75]行踏[76]，欲哪分有食？Un--仔就眞本份，伊分食路線固定，守佇家己[77]的區，中間有橋仔頭街仔較鬧熱，伊就閬[78]--過無分。

　　Un--仔幾世代就是老窯人，乞食無分家己的庄頭，老窯庄 Un--仔嘛毋捌[79]佇遐分，有影[80]是眞專業的乞食，毋但[81]按呢[82]niâ，大部分的庄跤人上[83]濟--的是番薯，乞食來分，

72　欲哪：beh-nah, 詰問如何。

73　通：thang, 可以、能夠。

74　這款：tsit khuán, 這種。

75　所在：sóo-tsāi, 地方。

76　行踏：kiânn-tảh, 活動、走動。

77　家己：ka-tī, 自己。

78　閬：làng, 跳過。

79　毋捌：m̄ bat, 不曾。

80　有影：ū-iánn, 的確、眞的。

81　毋但：m̄-tānn, 不只、不光。

82　按呢：án-ni, án-ne, 這樣、如此。

83　上：siōng, 最。

袂[84]予人空手轉--去[85]，若無予伊一管[86]米嘛
會予伊一條大條番薯。Un--仔一逝[87]路分--落
-來[88]，加薦仔佮布袋，毋是米就是番薯，重
khuâinn-khuâinn[89]，伊揹[90]遮的[91]物件行幾若[92]
里路，毋捌看過伊咧[93]歇忝[94]，極加[95]是共人分
一甌[96]滾水啉[97]--一下，就閣[98]行，做乞食若無
Un--仔的體力嘛眞僫[99]趁食[100]。Un--仔無論人

---

[84] 袂：bē，不會。

[85] 轉 -- 去：tńg--khì，回去。

[86] 管：kńg，量詞，盛米杯的容量，比「升」略大。

[87] 一逝：tsit tsuā，一趟。

[88] 落來：lòh-lâi，下來。

[89] 重 khuâinn-khuâinn：tāng-khuâinn-khuâinn，沉甸甸。

[90] 揹：phāinn，背。

[91] 遮的：tsia-ê，這些。

[92] 幾若：kuí-nā，許多、好幾。

[93] 咧：leh，表示進行中。

[94] 歇忝：hioh-thiám，休息。忝：thiám，累、疲倦。

[95] 極加：kik-ke，最多、頂多。

[96] 甌：au，量詞，指深的盛水器，淺的稱「杯」。

[97] 啉：lim，喝、飲。

[98] 閣：koh，繼續、再次、又。

[99] 僫：oh，困難。

分伊番薯米，伊攏會唱乞食調[101]共人誠懇說多
謝[102]。

　　用這時少年兄姊的標準來看，Un--仔算是
眞『酷』的人，伊規年週天[103]穿的衫仔褲[104]
攏全款[105]，無論寒熱，阮[106]i--仔[107]若看我熱--
人[108]閣[109]毋知通[110]褪長襪[111]衫，就罵講「若[112]
悾 Un--仔-咧[113]，毋知寒熱攏彼身軀[114]！」Un--

---

[100]　賺食：tsuán-tsiàh, 謀生、營生。

[101]　乞食調：khit-tsiàh-tiāu, 乞丐沿街向人行乞所唸唱的台
　　　　灣歌謠。

[102]　說多謝：seh-to-siā, 道謝。

[103]　規年週天：kui-nî-thàng-thinn, 一年到頭。

[104]　衫仔褲：sann-á-khòo, 衣褲。

[105]　全款：kāng-khuán, 一樣。

[106]　阮：guán, 我的, 第一人稱所有格。

[107]　i--仔：i--á, 平埔族稱呼母親。

[108]　熱--人：juáh--lâng, 夏天。

[109]　閣：koh, 仍然、還。

[110]　通：thang, 應該。

[111]　長襪：tńg-ńg, 長袖。

[112]　若：ná, 好像、如同。

[113]　咧：leh, 置於句末, 用以加強語氣。

[114]　彼身軀：hit sin-khu, 那身。

仔的衫仔褲是補了閣再[115]補，各種花色的布料
都有，便若[116]有布碎仔[117]攏聽好[118]抾[119]來補，
規身軀[120]花巴哩貓[121]，比這陣的囡仔[122]刁工[123]
共[124]好好衫仔褲鉸[125]破才補一跡[126]一跡無仝[127]
色的布料較『酷』。伊揹的加薦仔比這陣時
行[128]的揹仔[129]較奅[130]。伊閣毋知佇佗位[131]抾

---

[115] 閣再：koh-tsài，又、再、再度、重新。

[116] 便若：piān-nā，凡是、只要。

[117] 布碎仔：pòo-tshuì-á，布頭、碎布、零碼布。

[118] 聽好：thìng-hó，可以、得以。

[119] 抾：khioh，拾取、撿取。

[120] 規身軀：kui sin-khu，渾身、全身、滿身。

[121] 花巴哩貓：hue-pa-lih-niau，怪花雜色。

[122] 囡仔：gín-á，小孩子。

[123] 刁工：thiau-kang，故意、存心。

[124] 共：kā，把、將。

[125] 鉸：ka，剪。

[126] 跡：jiah，處所。

[127] 仝：kāng，相同。

[128] 時行：sî-kiânn，流行、盛行。

[129] 揹仔：phāinn-á，背包。

[130] 奅：phānn，摩登、時髦。

[131] 佗位：toh-ūi，哪裡。

著¹³²一副烏仁的目鏡¹³³，熱--人日頭猛¹³⁴的時牽¹³⁵--起-來，眞是彼个時代的烏狗兄¹³⁶。當紅的「金門王佮李炳輝」猶無三十幾年前的伊遐¹³⁷siak¹³⁸！

Un--仔歌喉眞讚，乞食調伊唱甲¹³⁹會牽絲，頭家¹⁴⁰--啊，你有量小分--一-下……，歌詞看人看所在佮分--伊的物件隨時家己編，會使講是古代的「吟遊詩人」，詩人陳明仁先生若生佇彼个時代，凡勢¹⁴¹會使拜伊做師傅，閣學--幾-步-仔。我捌聽過伊那¹⁴²行那唱「山頂的

132　抾著：khioh-tióh，撿到。著：tióh，到，動詞補語，表示動作之結果。
133　烏仁目鏡：oo-jîn-bák-kiànn，墨鏡、太陽眼鏡。
134　日頭猛：jit-thâu mé，太陽大。猛：mé，烈。
135　牽：khan，戴眼鏡。
136　烏狗兄：oo-káu-hiann，帥哥。
137　遐：hiah，那麼。
138　siak：爲 siak-phānn 的縮簡，時髦、炫。
139　甲：kah，到，到……的程度。
140　頭家：thâu-ke，主人、東家、老闆。
141　凡勢：huān-sè，也許、說不定。
142　那……那……：ná…… ná……，一邊……一邊……。

烏狗兄」，尾--仔[143]彼幾句「o-re-di」，伊比洪
一峰較 gâu[144]牽。Un--仔會愛唱這塊[145]歌，我想
伊感覺家己是一个烏狗兄遐奅，用按呢議量[146]
家己。這時我知影這塊「山頂的烏狗兄」是日
本歌改台語詞--的，這塊歌原本的歌名是「山
の人気者」，意思是山頂上有人氣、上有名聲
的人。彼時 Un--仔佇阮彼箍圍仔[147]人氣一流，
正正是[148]阮遐人氣發燒的人物無毋著[149]，我憢
疑[150]Un--仔是彼時一个隱遁佇庄跤的智識人、
智慧人物。

　　彼時阮附近幾庄頭有一个上心適[151]的
問題，無人有才調[152]回答，就是講「乞食

---

[143] 尾 -- 仔：bué--á，後來。

[144] gâu：善於。

[145] 塊：tè，量詞，計算歌曲、土地、碗等的單位。

[146] 議量：gī-niū，消遣。

[147] 彼箍圍仔：hit khoo-uî-á，那一帶。

[148] 正正是：tsiànn-tsiànn sī，不外乎是。

[149] 無毋著：bô m̄-tiȯh，沒有錯。

[150] 憢疑：giâu-gî，猜疑、狐疑、懷疑。

[151] 心適：sim-sik，有趣、好玩。

Un--仔有幾个囝仔？」Un--仔有娶某[153]抑無，我毋捌聽人講--過，照講[154]若有乞食婆，應該有時嘛會綴[155]乞食公出來分。Un--仔都[156]毋知有某[157]抑無，哪會有這款問題？台灣人眞信命，算命仙[158]--的講--的無人敢毋信，囝仔拄[159]出世[160]就先揣[161]人看命，若命底[162]較歹[163]--的有幾種排解的法度[164]，有的會共囝仔號[165]一个較歹聽[166]的偏名，親

---

[152] 才調：tsâi-tiāu, 能力、才能、本領。

[153] 娶某：tshuā-bóo, 娶妻、娶親。

[154] 照講：tsiàu-kóng, 照說、按理說。

[155] 綴：tuè, 跟隨。

[156] 都：to, 表示強調。

[157] 某：bóo, 妻子、太太、老婆。

[158] 仙：sian, 對從事某些行業或特定身份者的稱謂。

[159] 拄：tú, 才剛、剛。

[160] 出世：tshut-sì, 出生、誕生。

[161] 揣：tshuē, 找、尋找。

[162] 命底：miā-té, 命裡。

[163] 歹：pháinn, 壞。

[164] 法度：huat-tōo, 辦法、法子。

[165] 號：hō, 取名。

[166] 歹聽：pháinn-thiann, 難聽、不好聽、不光彩。

像[167]狗屎、羊母[168]這款--的；閣有命帶鉸刀
爿鐵掃帚[169]--的，驚[170]會剋著序大人[171]，就教
囡仔叫老爸「阿丈[172]、阿叔、阿伯」，叫老
母「阿姨、阿姑、阿妗[173]」，直系親變做親
情[174]；另外就是認歹命[175]人做[176]爸，做歹命人
的後生[177]、查某囝[178]。Un--仔是孤行獨市的乞
食，民間公認的歹命人，逐[179]庄頭攏有人認
伊做爸，干焦阮庄--裡就有十外个[180]囡仔叫伊

---

[167]　親像: tshin-tshiūnn, 好像、好比。

[168]　羊母: iûnn-bó, 母羊。

[169]　帶鉸刀爿鐵掃帚: tài ka-to-pîng thih-sàu-tshiú, 掃帚星,
　　　指會帶來霉運的人。

[170]　驚: kiann, 害怕、擔心。

[171]　序大人: sī-tuā-lâng, 父母、雙親、長輩。

[172]　阿丈: a-tiūnn, 姑丈、姨丈。

[173]　阿妗: a-kīm, 舅媽。

[174]　親情: tshin-tsiânn, 親戚。

[175]　歹命: pháinn-miā, 苦命、命苦、命運多舛。

[176]　做: tsò, 為。

[177]　後生: hāu-sinn, 兒子。

[178]　查某囝: tsa-bóo-kiánn, 女兒。

[179]　逐: tàk, 每一。

[180]　十外个: tsáp-guā-ê, 十多個。

「阿爸」。我國民學校的同學捌講起--過，干焦阮全班--的就有幾若个認 Un--仔做老爸--的。

阮遐有一句地方性的俗語，若譬相[181]人命底實在有夠歹，就講「認悾 Un--仔做老爸嘛無解。」這句話就通知影 Un--仔佇阮庄--裡的「權威性」。

起先，Un--仔有一個原則，便若搪著[182]認伊做爸的人家，伊就閬--過無入去[183]分；這頭的親家、親姆仔[184]知影 Un--仔為顧囡仔的面子，三不五時也會 tshuā[185]囡仔送寡[186]番薯、米去探這个契爸[187]，過年過節攏會攢[188]寡禮數去共問安。尾--仔，囡仔一下濟，記袂牢[189]，

181　譬相：phì-siùnn，挖苦、奚落、諷刺。

182　搪著：tñg-tio̍h，遇到。

183　入去：ji̍p-khì，進去。

184　親姆仔：tshinn-ḿ-á，親家母。

185　tshuā：帶、帶領。

186　寡：kuá，一些、若干。

187　契爸：khè-pē，乾爹。

188　攢：tshuân，準備。

189　記袂牢：kì-bē-tiâu，記不住。

giōng 欲[190]逐口灶[191]都欲有伊的序細[192]，眞費氣[193]，聽講伊捌紮[194]一節粉筆，若搪著契囝[195]的厝[196]，就做一个記號，較好認。眞緊[197]就亂--去，有的記號是予[198]雨水淋無--去，有的是因仔狡怪[199]共伊拊[200]掉，嘛有親家、親姆爲欲予[201]伊入來分，專工[202]共拊掉。Un--仔到尾[203]就無論啥人 in[204]兜[205]，攏踏入去分，親家仔嘛

---

[190] giōng 欲：giōng-beh, 瀕臨、幾乎要。

[191] 口灶：kháu-tsàu, 戶、家。

[192] 序細：sī-sè, 晚輩、後輩。

[193] 費氣：hùi-khì, 費事、費勁。

[194] 紮：tsah, 攜帶。

[195] 契囝：khè-kiánn, 乾兒子、義子。

[196] 厝：tshù, 房子、家。

[197] 緊：kín, 快。

[198] 予：hōo, 被。

[199] 狡怪：káu-kuài, 調皮、不聽話。

[200] 拊：hú, 擦拭。

[201] 予：hōo, 讓、給。

[202] 專工：tsuan-kang, 特地。

[203] 到尾：kàu bué, 到最後。

[204] in：他們；第三人稱所有格，他的。

[205] 兜：tau, 家。

省閣年仔節仔[206]專工走一逝老窯去送禮。

　　我毋是 Un--仔的契囝，有一改[207]，我飼[208]牛、炕窯[209]的囡仔伴[210]「猴松」欲去老窯 Un--仔 in 兜送禮，招[211]我佮伊做伴。我是真好玄[212]

---

[206] 年仔節仔：nî-á-tseh-á，逢年過節。

[207] 改：kái，計算次數的單位，日文「回」。

[208] 飼：tshī，畜養；餵食。

[209] 炕窯：khòng-iô，用小土塊堆疊一座小土窯，把土塊燒紅後，將食物放進去，用高溫餘熱把食物悶熟。

[210] 囡仔伴：gín-á-phuānn，童年玩伴。

[211] 招：tsio，邀。

[212] 好玄：hònn-hiân，好奇。

的囡仔，足[213]興[214]聽 Un--仔唱歌，嘛真想欲[215]
知影 in 兜啥款[216]，就佮伊鬥陣[217]去。伊蹛[218]
佇塚仔埔[219]邊一間低厝仔[220]，毋是塗墼[221]壁--
的，是竹管仔[222]抹牛屎塗[223]的壁，厝頂[224]崁[225]
稻草，壁頂有發草[226]佮藤仔。厝跤[227]閣發幾
bôo[228]菅蓁仔[229]，吐芒[230]白白，定定[231]有竹虎

---

[213] 足: tsiok, 非常。

[214] 興: hìng, 喜好、喜歡。

[215] 想欲: siūnn-beh, 想要。

[216] 啥款: siánn-khuán, 如何、怎樣。

[217] 鬥陣: tàu-tīn, 一起、結伴、偕同。

[218] 蹛: tuà, 住。

[219] 塚仔埔: thióng-á-poo, 亂葬崗。

[220] 低厝仔: kē-tshù-á, 平房、矮房子。

[221] 塗墼: thôo-kat, 土塊、土磚。

[222] 竹管仔: tik-kóng-á, 竹筒。

[223] 塗: thôo, 泥土。

[224] 厝頂: tshù-tíng, 屋頂。

[225] 崁: khàm, 覆蓋。

[226] 發草: huat-tsháu, 長草。

[227] 厝跤: tshù-kha, 牆腳。

[228] bôo: 計算叢生植物的單位。

[229] 菅蓁仔: kuann-tsin-á, 芒草。

仔[232]、杜定[233]爬--過。

Un--仔無啥捌猴松，問伊是 siáng[234]的
囝[235]，猴松起愛笑[236]，講伊就是 Un--仔的囝
毋才[237]會來送禮。Un--仔查某囝後生傷[238]濟，
捌也捌袂[239]齊勻[240]，想講需要寫一本簿仔共記
--起-來，毋過伊毋捌字。猴松講我佇學校考
試攏第一名，真捌字，會使叫我替伊寫字。
尾--仔，伊誠實[241]央我整理一份契囝佮查某囝
的名錄，若有知影音毋知漢字--的，伊叫我清

---

[230] 吐芒：thòo-bâng，開花。

[231] 定定：tiānn-tiānn，常常。

[232] 竹虎仔：tik-hóo-á，竹節蟲類的昆蟲。

[233] 杜定：tōo-tīng，蜥蜴。

[234] siáng：誰、甚麼人，啥人 (siánn-lâng) 的合音。

[235] 囝：kiánn，兒子。

[236] 起愛笑：khí-ài-tshiò，發笑、發噱、忍俊不禁。

[237] 毋才：m̄-tsiah，才。

[238] 傷：siunn，太、過於。

[239] 袂：bē，表示不能夠。

[240] 齊勻：tsiâu-ûn，均勻。

[241] 誠實：tsiânn-sit，果真、果然、確實。

彩[242]用一字音較仝--的就好。我替伊做這項工
課[243]，工價是兩箍[244]，彼[245]是我自出世到今
頭一个頭路。出社會了後[246]，有機會去引頭
路[247]，公司攏會問我工作經驗，頭一項工作是
做啥物[248]。講實--的，我應該應[249]講是「做乞
食的秘書」，毋過我實在講袂出喙[250]。

人講「濟囝餓死爸」，Un--仔囝上濟，伊
骨力[251]分，無倚靠序細的養飼[252]，都也餓袂
死，閣[253]伊各庄頭遛遛去[254]，愈行就愈出名，

---

242 清彩：tshìn-tshái, 隨便。
243 工課：khang-khuè, 工作,「功課」的白話音。
244 箍：khoo, 元, 計算金錢的單位。
245 彼：he, 那個。
246 了後：liáu-āu, 之後。
247 引頭路：ín thâu-lōo, 找工作。
248 啥物：siánn-mih, 什麼。
249 應：ìn, 回答、應答。
250 講袂出喙：kóng-bē-tshut-tshuì, 難以啓齒。
251 骨力：kut-la̍t, 努力。
252 養飼：iúnn-tshī, 供養。
253 閣：koh, 再加上。
254 遛遛去：liù-liù-khì, 閒蕩。

變做庄頭的人氣者，彼時伊若會曉[255]出來佮人選舉，眞少人選伊會贏[256]才著[257]。 ✍

---

[255] 會曉：ē-hiáu，知道、懂得。

[256] 選伊會贏：suán i ē-iânn，選得贏他。

[257] 著：tiòh，對。

樂--仔的音樂生涯

朋友的老母過身[1]，去參加告別式，有倩[2]西樂隊，隊員毋[3]是中年人就是老歲仔人[4]，紺[5]的制服嘛[6]穿甲[7]變殕[8]--去，奏樂的時，逐個[9]無攬無拈[10]，若像[11]有聲無調，想起我細漢[12]頭

---

[1] 過身：kuè-sin, 過世。

[2] 倩：tshiànn, 聘僱、僱用。

[3] 毋：m̄, 否定詞。

[4] 老歲仔人：lāu-huè-á-lâng, 老年人。

[5] 紺：khóng, 深藍色。

[6] 嘛：mā, 也。

[7] 穿甲：tshīng-kah, 穿到。甲：kah, 到, 到……的程度。

[8] 殕：phú, 淺灰色。

[9] 逐個：ta̍k-ê, 每個、各個。逐：ta̍k, 每一。

[10] 無攬無拈：bô-lám-bô-ne, 有氣無力的、無精打采。

[11] 若像：ná-tshiūnn, 彷彿、好像、猶如。

[12] 細漢：sè-hàn, 小時候。

擺[13]去看西樂隊的情形。

全款[14]是紺的制服，比天閣較[15]深色，熨甲線條直直，小吹[16]佇[17]日頭下會閃光，樂--仔滿足的表情予[18]規[19]樂隊嘛綴[20]咧[21]精神飽滇[22]，逐个排陣勢那[23]行[24]那奏樂。

樂--仔的人生拄[25]起頭並無親像[26]伊[27]的名按呢[28]遐[29]快樂，問題是出佇伊無應該出世[30]作

13　頭擺：thâu-pái，第一次。

14　全款：kāng-khuán，一樣。

15　閣較：koh-khah，更加。

16　小吹：sió-tshue，小喇叭。

17　佇：tī，在。

18　予：hōo，讓。

19　規：kui，整個。

20　綴：tuè，跟隨。

21　咧：leh，... 著，表示狀態持續著。

22　飽滇：pá-tīnn，飽滿。

23　那……那……：ná…… ná……，一邊……一邊……。

24　行：kiânn，行走。

25　拄：tú，剛、才剛。

26　親像：tshin-tshiūnn，好像、好比。

27　伊：i，他、她、牠、它，第三人稱單數代名詞。

28　按呢：án-ni、án-ne，這樣、如此。

穡人[31]家庭。伊有音樂上的恩賜, 徛[32]佇拋荒[33]的年代來講, 音樂、藝術攏[34]雖罔[35]袂當[36]做生活上的利用, 毋過[37]猶是[38]有去傷解鬱[39]的功能, 作田人[40]佇較無遐 kiap[41]的欲暗仔[42]時, 聚集佇廟埕[43]抑[44]樹仔跤[45], 挨[46]絃仔[47]唸歌[48],

---

[29] 遐: hiah, 那麼。

[30] 出世: tshut-sì, 出生、誕生。

[31] 作穡人: tsoh-sit-lâng, 農人。

[32] 徛: khiā, 站。

[33] 拋荒: pha-hng, 荒蕪。

[34] 攏: lóng, 都。

[35] 雖罔: sui-bóng, 雖然。

[36] 袂當: bē-tàng, 不能、不可以。

[37] 毋過: m̄-koh, 不過、但是。

[38] 猶是: iáu sī, 還是。

[39] 去傷解鬱: khì-siong-kái-ut, 解除因為受內外傷而產生的血氣鬱結。解鬱: kái-ut, 也作解悶。

[40] 作田人: tsoh-tshân-lâng, 農夫、農人。

[41] kiap: 忙碌。

[42] 欲暗仔: beh-àm-á, 黃昏。

[43] 廟埕: biō-tiânn, 寺廟前的大廣場。

[44] 抑: iah, 或是、還是。

[45] 樹仔跤: tshiū-á kha, 樹下。

[46] 挨: e, 來回地拉。

有時也會配合節祭扭車鼓[49]、牛犁仔調、走聖
馬[50]、行旱船[51]，跳舞做議量[52]，音樂上無遐
濟[53]樂器通[54]利用，上[55]普通--的就是絃仔，大
廣絃[56]、五線絃[57]，無音樂老師的指導，老--的
教少年--的、大人教囡仔[58]，按呢世代相傳。

---

[47] 絃仔: hiân-á, 胡琴。

[48] 唸歌: liām-kua, 爲台灣傳統的說唱音樂曲種。

[49] 扭車鼓: ngiú tshia-kóo, 車鼓戲, 是迎神廟會上的一種
戲劇表演。戲目取材於民間故事, 音樂則以台灣流行
的民歌小調爲主。

[50] 走聖馬: 道具馬夾在人身上的民俗表演。

[51] 行旱船: kiânn-hān-tsûn, 爲廟會活動中的一種表演。旱
船以竹木架爲框, 再以朱布蒙上, 會由表演的姑娘將
船吊在肩上撐演, 船下面還會有彩布用以遮住表演者
的腳, 象徵船在水上, 船邊另外有一位船夫、手持木
槳作划船狀。

[52] 議量: gī-niū, 可以打發時間的消遣。

[53] 濟: tsē, 多。

[54] 通: thang, 可以、能夠。

[55] 上: siōng, 最。

[56] 大廣絃: tuā-kóng-hiân, 胡琴的一種。

[57] 五線絃: gōo-suànn-hiân, 。

[58] 囡仔: gín-á, 小孩子。

樂--仔自做囝仔[59]起就愛佇樹仔跤聽人挨絃仔奏曲，到伊讀國民學校的時陣[60]，就共[61]較捷[62]演奏的曲調每一个音記牢牢[63]，庄--裡上gâu[64]挨絃仔的阿 Khín 仔伯開始教伊音律，在來[65]in[66]教曲攏用傳統的五音調仔，就是五、六、上、工、尺[67]代替 do、re、mi、so、ra，庄--裡的挨絃仔班有八个人，干焦[68]樂--仔一个囝仔niâ[69]。

　　絃仔的變化無濟，毋是 phi-á-nooh[70]抑是[71]bai-óo-lín[72]按呢會當[73]有眞濟調的切換，

59　做囝仔：tsò-gín-á, 孩提、幼時。

60　時陣：sî-tsūn, 時候。

61　共：kā, 把、將。

62　捷：tsiap̍, 頻繁。

63　記牢牢：kì-tiâu-tiâu, 牢牢的記住。

64　gâu：善於。

65　在來：tsāi-lâi, 一向、向來。

66　in：他們。

67　五、六、上、工、尺：u, liū, tshiāng, kong, tshē, 傳統音樂的五音調音階。

68　干焦：kan-tann, 只有、僅僅。

69　niâ：而已。

70　phi-á-nooh：鋼琴。

無偌久[74]，樂--仔就共絃仔所有的技巧攏學甲眞熟，樂--仔咧挨絃仔會吸引眞濟聽眾，小調予伊奏--落，會予人目屎[75]流目屎滴，有一擺[76]，隔壁庄的乞食[77]恩--仔對[78]樹仔跤過，樂--仔看--著，隨[79]換挨恩--仔愛唱的乞食調[80]，恩--仔嘛放聲唱，兩个人佇樹仔跤配合欲[81]一點鐘[82]，恩--仔的乞食調歌詞是照伊的心適興[83]臨時編--的，佇邊--仔聽的人講自頭到尾[84]攏無一段歌

---

[71] 抑是：iah-sī，或是。

[72] bai-óo-lín：小提琴。

[73] 會當：ē-tàng，可以。

[74] 無偌久：bô-juā-kú，沒多久。

[75] 目屎：ba̍k-sái，眼淚。

[76] 擺：pái，次，計算次數的單位。

[77] 乞食：khit-tsia̍h，乞丐。

[78] 對：tuì，從、由。

[79] 隨：sûi，立刻、立即。

[80] 乞食調：khit-tsia̍h-tiāu，乞丐沿街向人行乞時所唸唱的歌。

[81] 欲：beh，要、幾乎。

[82] 點鐘：tiám-tsing，小時、鐘頭。

[83] 心適興：sim-sik-hìng，來勁、興之所至。

[84] 到尾：kàu-bué，到最後。

詞有重複抑是重耽[85]--的，這時，唱乞食調毋
是恩--仔的飯碗，是伊生活的趣味，一个老--的
佮[86]一个芷[87]仔共規庄弄甲真活跳[88]。

　　過無幾工[89]，恩--仔閣[90]來，煞[91]無揹[92]分
食[93]的加薦仔[94]，干焦 mooh[95]一个手風琴，講
是伊較少年的時佇外地趁食[96]的樂器，到這
時，庄內人才知影[97]恩--仔毋是一世人[98]攏咧做
乞食--的，伊捌[99]佇都市走過 na-gá-sih[100]，尾--

---

[85]　重耽：tîng-tânn, 差錯、出入。

[86]　佮：kap, 和、與。

[87]　芷：tsínn, 幼嫩。

[88]　活跳：uảh-thiàu, 活潑、活躍。

[89]　工：kang, 天、日。

[90]　閣：koh, 又、再。

[91]　煞：suah, 竟然。

[92]　揹：phāinn, 背。

[93]　分食：pun-tsiảh, 乞食。

[94]　加薦仔：ka-tsì-á, 藺草編織的手提袋。

[95]　mooh：用雙臂及胸腹抱。

[96]　趁食：thàn-tsiảh, 謀生、討生活。

[97]　知影：tsai-iánn, 知道。

[98]　一世人：tsit-sì-lâng, 一輩子。

[99]　捌：bat, 曾。

仔[101]予人引[102]去欲做流行歌者，灌過曲盤[103]，
聽講[104]有感情上的傷害，才規氣[105]轉來[106]庄
跤[107]隱姓埋名做乞食。手風琴佮絃仔上大的無
仝[108]是七音階--的，恩--仔開始教樂--仔真正的
樂理，共樂--仔改名，講這字「樂」會使[109]勾
破[110]音讀做「gak」，就是音樂的樂，以後樂
--仔佇音樂上的名是「理樂」，理解音樂的意
思。無人想會到[111]一个庄跤乞食有遮大的學

---

[100] na-gá-sih：在酒場沿桌彈唱的小型樂隊，日語外來
語，ながし（流し）。

[101] 尾--仔：bué--á, 後來。

[102] 引：ín, 引介。

[103] 曲盤：khik-puânn, 唱片。

[104] 聽講：thiann-kóng, 聽說、據說。

[105] 規氣：kui-khì, 乾脆。

[106] 轉來：tńg-lâi, 回來。

[107] 庄跤：tsng-kha, 鄉下。

[108] 無仝：bô-kāng, 不一樣。

[109] 會使：ē-sái, 可以、能夠。

[110] 勾破：kau-phuà, 破音字。

[111] 想會到：siūnn-ē-kàu, 想得到。

問，莫怪[112]伊是附近庄頭[113]的人氣者[114]，眞正有來歷。這擺咱[115]欲[116]講--的是樂--仔，這時應該講「理樂」的故事，關係[117]恩--仔的代誌[118]咱就暫時莫[119]講。

樂--仔in[120]老爸對這个叫做理樂的後生[121]眞無歡喜，讀國民學校予伊那[122]咧變[123]囡仔耍[124]是猶無啥要緊，哪知學校的先生[125]嘛呵

---

[112] 莫怪: bȯk-kuài, 難怪、怪不得、無怪乎。

[113] 庄頭: tsng-thâu, 村子、村落。

[114] 人氣者: jîn-khì-tsiá, 大紅人、備受歡迎的人。

[115] 咱: lán, 我們，包括聽話者。

[116] 欲: beh, 想要、打算。

[117] 關係: kuan-hē, 關於。

[118] 代誌: tāi-tsì, 事情。

[119] 莫: mài, 別、不要。

[120] in: 第三人稱所有格，他的。

[121] 後生: hāu-sinn, 兒子。

[122] 那: ná, 一面 ...。

[123] 變: pìnn, 搞、做。

[124] 囡仔耍: gín-á-sńg, 孩童嬉戲。

[125] 先生: sian-sinn, 教師、老師。

呵咾[126]這个音樂天才，共[127]伊鼓勵繼續修音樂，閣建議伊去考音樂較專門的初中。聽講學費貴甲驚--死-人[128]，庄跤欠勞力的時代，這欲哪[129]有可能？連農校都[130]無予伊去讀，共伊留佇厝[131]作穡[132]。理樂嘛真奇怪，讀冊[133]閣真預顢[134]，老師講「一枝草一點露，一人有一人的撇步[135]」，伊遐爾[136]複雜的樂理記會牢[137]，有關別項功課就攏袂曉[138]，連基本的『九九乘

---

[126] 呵咾：o-ló，讚美。
[127] 共：kā，給。
[128] 驚--死-人：kiann--sí-lâng，嚇死人。
[129] 欲哪：beh-nah，詰問如何。
[130] 都：to，表示強調。
[131] 厝：tshù，家。
[132] 作穡：tsoh-sit，種田。
[133] 讀冊：thak-tsheh，讀書。
[134] 預顢：han-bān，笨拙、不善。
[135] 撇步：phiat-pōo，竅門、訣竅。
[136] 遐爾：hiah-nī，那麼。
[137] 記會牢：kì ē tiâu，記得住。
[138] 袂曉：bē-hiáu，不懂、不會。

法』都定定[139]拂毋著[140]--去。這款[141]成績欲考
啥物[142]學校嘛考袂牢[143]，若真正親像人 gâu 讀
冊的囡仔按呢，伊做老爸--的敢講[144]袂[145]拚性
命[146]共伊栽培？栽培狀元是有--啦，哪有人栽
培歕[147]鼓吹[148]--的？

　　離阮[149]庄行路[150]一公里的街--裡[151]叫做
「橋仔頭」，遐[152]有一間教會，就是現此時[153]

---

139 定定：tiānn-tiānn，常常。

140 拂毋著 hut m̄-tio̍h，搞錯。

141 這款：tsit-khuán，這種。

142 啥物：siánn-mih，什麼。

143 考袂牢：khó-bē-tiâu，考不上。

144 敢講：kám-kóng，難道。

145 袂：bē，不會。

146 拚性命：piànn-sìnn-miā，拚死、拚老命。

147 歕：pûn，吹奏。

148 鼓吹：kóo-tshue，嗩吶。

149 阮：guán，我們，不包括聽話者；我的，第一人稱所有格。

150 行路：kiânn-lōo，走路。

151 街--裡：ke--nih，市內。

152 遐：hia，那裡。

153 現此時：hiān-tshú-sî，現在、如今。

叫做「原斗長老教會」--的，爲著[154]聖詩的需
要，有重視音樂，捌有人聽講「理樂的音樂天
份」，牧師捌來拜訪樂--仔 in 序大人[155]，毋過
聽講「落教[156]死無人哭」，in 老爸共牧師趕--
出-去，講伊妖言，欲來害樂--仔背祖。教會有
眞濟會曉[157]彈琴--的佮各種器樂--的，佇庄跤
也無實際的利用，尾--仔煞家己[158]組一个西樂
團，本底[159]牧師是無反對，哪知這个西樂團也
無人欲倩 in 去表演，煞改做西樂隊，專門貿[160]
民間出山[161]奏樂的工課[162]，就是通俗所講的 sí-
soo-mì[163]，這佮基督的信仰無合[164]，落教--的人

---

154 爲著：ūi-tiòh, 爲了。
155 序大人：sī-tuā-lâng, 父母、雙親、長輩。
156 落教：lòh-kàu, 受洗、信教。
157 會曉：ē-hiáu, 知道、懂得。
158 家己：ka-tī, 自己。
159 本底：pún-té, 本來、原本。
160 貿：bāu、bàuh, 包辦、總攬。
161 出山：tshut-suann, 出殯、送葬。
162 工課：khang-khuè, 工作,「功課」的白話音。
163 sí-soo-mì：本指八度音階的七、五、三音, 借指送葬樂
　　隊。

過身有 in 數念[165]的儀式，佮民間慣勢[166]無啥[167]
相全。講罔[168]講，這是關係生活利益，牧師就
假毋知。

　　這個西樂隊本底叫做「福音樂團」，尾
--仔爲著生理[169]上的考慮，改名「西天西樂
隊」，就是講若倩 in 來送上山頭[170]，一路送到
西天去。In 有二十外个[171]團員，查某囡仔[172]比
查埔[173]--的較濟，在來查埔--的愛[174]作穡，較無
閒工通做音樂上的練習，嘛有人講是查某--的
較有音樂上的恩賜，這款講法檢采[175]嘛有理論

164　　合：ha̍h, 合適、契合。
165　　數念：siàu-liām, 思念、掛念、想念、懷念。
166　　慣勢：kuàn-sì, 習慣。
167　　無啥：bô-siánn, 不太。
168　　罔：bóng, 姑且、不妨。
169　　生理：sing-lí, 生意。
170　　送上山頭：sàng-tsiūnn-suann-thâu, 送終。
171　　二十外个：jī-tsa̍p-guā-ê, 二十多個。
172　　查某囡仔：tsa-bóo gín-á, 女孩子。
173　　查埔：tsa-poo, 男性。
174　　愛：ài, 得、必須。
175　　檢采：kiám-tshái, 也許、可能、說不定。

上的根據。樂隊的指揮是一个美麗的姑娘仔，身材媠[176]，跤[177]躼[178]手長，穿西樂隊的制服攑[179]指揮棒徛佇隊伍的頭前[180]，真好看，樂--仔會去參加西樂隊，欲講伊生本[181]就愛耍樂器當然會使，若講是煞著[182]彼个[183]指揮的風采應該嘛無啥毋著[184]。

樂--仔佇厝--裡[185]鬥[186]作穡一直到十八歲，干焦收冬[187]了[188]去廟埕佮人挨絃仔做議量，

---

[176] 媠：suí，美、漂亮。

[177] 跤：kha，腳。

[178] 躼：lò，個子高。

[179] 攑：giah，拿。

[180] 頭前：thâu-tsîng，前面。

[181] 生本：sinn-pún，本來、原本。

[182] 煞著：sannh-tioh，迷上、傾倒。

[183] 彼个：hit ê，那個。

[184] 毋著：m̄-tioh，不對、錯誤。

[185] 厝 -- 裡：tshù--nih，家裡。

[186] 鬥：tàu，幫忙。

[187] 收冬：siu-tang，收成、收割、收穫。

[188] 了：liáu，完了。

彼陣[189] in 師傅恩--仔無咧分食--矣[190]，共手風琴送--伊，毋過手風琴佮別人挨絃仔袂[191]合，伊罕得[192]提[193]出來耍，猶是挨絃仔較簡單。音樂上無啥物進展，有一擺，伊去街--裡糴[194]茱子仔，經過欲去大崙[195]的路頭[196]，拄著[197]人出山，隊伍那[198]進行那奏西樂，有大吹[199]、小吹[200]、òo-bòo[201]、hu-lù-tòo[202]……，各種真好聽的器樂，理樂的身份閣轉來咧叫--伊，伊綴隊

---

[189] 彼陣：hit-tsūn, 那時候。

[190] --矣：--ah, 語尾助詞，表示完成或新事實發生。

[191] 袂：bē, 不能。

[192] 罕得：hán-tit, 難得、少有。

[193] 提：théh, 拿。

[194] 糴：tiáh, 買進穀物。

[195] 崙：lūn, 丘陵、山崗、山丘。

[196] 路頭：lōo-thâu, 路口。

[197] 拄著：tú-tióh, 碰到、遇到。

[198] 那……那……：ná…… ná……, 一邊……一邊……。

[199] 大吹：tuā-tshue, 大的喇叭。

[200] 小吹：sió-tshue, 小喇叭。

[201] òo-bòo：oboe, 雙簧管。

[202] hu-lù-tòo：flute, 長笛。

伍後壁[203]，佮往生者也無親無情[204]嘛送人上山頭閣轉--來，綴去到西樂隊的街--裡，人[205]樂隊團員錢領了，解散--矣，伊猶綴佇指揮的尻川後[206]，在來，若一般的查某囡仔會講這個菁仔欉[207]毋知是佗位[208]的痴哥神[209]，指揮是教會詩班的姊妹，也無嫌伊懵懂[210]，顛倒[211]斟酌[212]共[213]伊請安，問伊有啥指教。

理樂對各種樂器攏真好玄[214]，伊較早[215]讀樂理知影啥物管樂器佮絃樂器，毋過攏毋捌奏

---

[203] 後壁：āu-piah，後面。

[204] 無親無情：bô-tshin-bô-tsiânn，沒親戚關係。

[205] 人：lâng，指他人。

[206] 尻川後：kha-tshng-āu，背後、後面。

[207] 菁仔欉：tshinn-á-tsâng，呆頭鵝、二楞子。

[208] 佗位：toh-ūi，哪裡。

[209] 痴哥神：tshi-ko-sîn，好色鬼。

[210] 懵懂：bóng-tóng，莽撞、冒失。

[211] 顛倒：tian-tò，反而。

[212] 斟酌：tsim-tsiok，仔細、小心。

[213] 共：kā，跟、向。

[214] 好玄：hònn-hiân，好奇。

[215] 較早：khah-tsá，以前。

--過，指揮就共伊一一說明西樂器有啥物件，in 團--裡有--的並無齊全，若欲學，會使佇逐[216]禮拜日下晡時仔[217]佮二、四、五的暗時頭仔[218]來 in 遮[219]練。彼个指揮叫做「慕音」，伊閣講in 阿公是教會的長老，共伊號[220]這个名是「欣慕福音」，毋是「欣慕音樂」，樂--仔嘛介紹家己講叫做「樂--仔」，毋過 in 乞食師傅共伊改做「理樂」。慕音講伊佮理樂名閣眞合，檢采會當做好朋友。教會的青年較無世俗人遐閉思[221]，按呢講也無感覺有啥男女上的意涵抑是歹勢[222]，拄好[223]理樂這个音樂痟[224]，對世事猶

---

216 逐：ta̍k, 每一。

217 下晡時仔：ē-poo-sî-á, 下午。

218 暗時頭仔：àm-sî-thâu-á, 傍晚、天剛黑、入夜時分。

219 遮：tsia, 這裡。

220 號：hō, 取名。

221 閉思：pì-sù, 內向、靦腆、害羞。

222 歹勢：pháinn-sè, 尷尬、難爲情、不好意思。

223 拄好：tú-hó, 剛好、湊巧。

224 痟：siáu, 沈迷、瘋某事物。

真單純，也無別款[225]聯想，干焦歡喜伊音樂上
的愛好閣活--起-來-矣。

頭起先[226]in老爸是嚴格反對，講「做
戲[227]、剃頭、歕鼓吹」是民間三大賤業，做這
款頭路[228]會予祖先失氣[229]，樂--仔共伊講這時
做戲--的變做明星上奢颺[230]，剃頭--的有專長，
都市的剃頭店變做真婿的「觀光理髮廳」，伊
嘛聽人講--的，論真[231]，伊嘛毋知觀光理髮廳
是咧創啥[232]--的；當然歕鼓吹嘛是變樂師，有
真好的社會地位。講這攏無效，樂--仔講伊欲
去練樂器，袂影響著伊作穡，若毋予伊去，
伊嘛欲去，到這款地步，阿爸就毋敢閣傷[233]堅

---

[225] 別款：pát-khuán，別種。
[226] 頭起先：thâu-khí-sing，剛開始。
[227] 做戲：tsò-hì，演戲。
[228] 頭路：thâu-lōo，職業、工作。
[229] 失氣：sit-khuì，漏氣、丟臉。
[230] 奢颺：tshia-iānn，風光。
[231] 論真：lūn-tsin，其實、說真的。
[232] 創啥：tshòng-siánn，幹麼。
[233] 傷：siunn，太、過於。

持，無贊成也無鼓勵。

理樂經過練習佮試驗了後[234]，伊上佮意[235]歕小吹，拄好慕音家己就有，先借伊用，講若趁有錢[236]，叫伊先儉[237]，到有一個額，才去買一枝新--的，團員對理樂音樂上的天份攏真欽服，想袂到庄跤也有這款遮[238]有恩賜--的，學啥物樂器攏真緊[239]就會曉，感覺伊無去讀音樂專門學校實在是拍損[240]人才，這陣[241]都也失時--矣，佇西樂隊嘛算有一個路用[242]。伊練無兩個月，就會曉一寡[243]出山需要演奏的曲，正式成做[244]「西天西樂隊」的團員，出團的時，一

---

234 了後：liáu-āu，之後。

235 佮意：kah-ì，喜歡。

236 趁有錢：thàn ū-tsînn，賺得到錢。

237 儉：khiām，積蓄。

238 遮：tsiah，這麼地。

239 緊：kín，快、迅速。

240 拍損：phah-sńg，可惜、浪費。

241 這陣：tsit-tsūn，這時候。

242 路用：lōo-iōng，用處、作用、功用。

243 寡：kuá，一些、若干。

244 成做：tsiânn-tsò，成為。

改[245]分著一百箍[246]，當時作穡挲草[247]的工價是
一工三十箍，算真好空[248]，樂--仔 in 阿爸就無
閣反對。

　　有一擺，阮庄--裡開里民大會，在來攏佇
橋仔頭開--的，講開會是嘐潲[249]--的，目的是予
里民一個康樂欣賞，這擺是慕音去共里長伯--
仔建議，講樂隊欲做免費表演，專工[250]演予阮
庄--裡的人看，阮遐廟埕嘛會有表演，廟--裡謝
神做平安戲[251]才有，攏是歌仔戲佮布袋戲，無
這款音樂演奏的節目--過。大會干焦里長伯--仔
講幾句仔話，閣來就是音樂欣賞，在地橋仔頭
上出名的「西天西樂隊」表演台灣民謠佮西方
名曲，這个西方毋是西天，是西洋的意思，這

---

[245] 改：kái，計算次數的單位。

[246] 箍：khoo，元，計算金錢的單位。

[247] 挲草：so-tsháu，跪在稻田裡以手除草。

[248] 好空：hó-khang，搞頭、好處。

[249] 嘐潲：hau-siâu，說謊、誇張。

[250] 專工：tsuan-kang，特地、專程。

[251] 平安戲：pîng-an-hì，歲末收冬後，演戲酬神的傳統戲
　　劇。

擺是有專門目的--的，予理樂眞濟a-tóo-lí-buh[252]的機會，伊有時歕小吹，有時挨 bai-óo-lín，有時歕 sa-khú-sóo-hóng[253]，予伊 sòo-lòo[254]--的也有，閣有一个姊妹共伊用 hu-lù-tòo 伴奏，也引起眞濟注目。

暗會[255]過一禮拜，就有人來共樂--仔 in 阿爸講欲做親情[256]，in 後生佮一个年歲[257]相當的教會姊妹咧戀愛，就是彼暝[258]歕 hu-lù-tòo 彼个，本底是好代誌，毋過女方堅持婚禮愛用教會儀式，當然 in 老爸毋肯，尾--仔，樂--仔講若無答應，i 規氣去落教順紲[259]予對方招[260]，in 老爸才落軟[261]答應，先訂婚，等樂--仔退伍轉--

---

[252] a-tóo-lí-buh：adlib, 即興演奏。

[253] sa-khú-sú-hóng：薩克斯風。

[254] sòo-lòo：獨奏。

[255] 暗會：àm-huē, 晚會。

[256] 做親情：tsuè tshin-tsiânn, 說媒、提親。

[257] 年歲：nî-huè, 年紀。

[258] 彼暝：hit mî, 那晚。

[259] 順紲：sūn-suà, 順便、順帶、趁便。

[260] 招：tsio, 招贅。

來才娶入門。

　　了後，理樂就搬離開阮庄，無作稿，專門開一間音樂教室，變做真正的音樂人士--矣。✍

---

261 落軟：lòh-nńg，軟化、不再堅持。

痟[1]德--仔掠[2]牛

　　我上[3]興[4]食的料理是蚵仔、sa-sí-mih[5]佮[6]牛排，阮[7]故鄉鹿港、二林、芳苑沿海一直到雲林縣的麥寮、台西、四湖、口湖，是台灣產蚵仔上好的海域，遮[8]的蚵仔肥，毋過[9]毋[10]是親像[11]米國[12]--的迵[13]大 mih[14]，實在是全世界罕有

---

[1]　痟：siáu, 瘋癲、瘋狂。

[2]　掠：liȧh, 抓住、捕捉。

[3]　上：siōng, 最。

[4]　興：hìng, 喜好、喜歡。

[5]　sa-sí-mih：生魚片。

[6]　佮：kap, 和、與。

[7]　阮：guán, 我們，不包括聽話者；我的，第一人稱所有格。

[8]　遮：tsia, 這裡。

[9]　毋過：m̄-koh, 不過、但是。

[10]　毋：m̄, 否定詞。

的好食物。我毋是欲[15]講關係[16]蚵仔的代誌[17]，阮
規家夥仔[18]攏[19]愛食蚵仔，這無啥通[20]講，阮i--
仔[21]無贊成我食 sa-sí-mih 佮牛排。

　　Sa-sí-mih 是魚仔生食，阮阿 i[22]講袂輸[23]生
番--咧[24]，驚[25]食了拍歹[26]身體，這我會當[27]理

11　親像：tshin-tshiūnn, 好像、好比。

12　米國：Bí-kok, 美國。

13　遐：hiah, 那麼。

14　mih：量詞，顆、枚，用於計算牡蠣，又作 mī。

15　欲：beh, 想要、打算。

16　關係：koan-hē, 關於、涉及。

17　代誌：tāi-tsì, 事情。

18　規家夥仔：kui-ke-hué-á, 全家、一家人。

19　攏：lóng, 都。

20　通：thang, 可以、能夠。

21　i-- 仔：i--á, 平埔族稱呼母親。

22　阿 i：a-i, 平埔族稱呼母親的用語。

23　袂輸：bē-su, 好比、好像。

24　-- 咧：--leh, 置於句末，用以加強語氣。

25　驚：kiann, 害怕、擔心。

26　拍歹：phah-pháinn, 弄壞。

27　會當：ē-tàng, 可以。

解，講著[28]牛排，就眞費氣[29]，作穡人[30]佮牛的
關係，毋是三、兩句話講會清楚--的，我講瘠
德--仔掠牛的代誌[31]予[31]恁[32]知，就會當理解作穡
人到今猶[33]堅持無欲食牛肉的心情。

　　德--仔 in[34] 兜[35]有成甲地[36]，七兄弟仔守這
塊仔土地算有較艱苦，講--來德--仔 in 是世代
蹛[37]遮的人，哪會[38]土地比人較少？聽講 in 阿
太[39]的時代，in 莊--家的土地是附近上大片--

28　講著：kóng-tióh，說到。著：tióh，到，後接動詞補語，表
　　示動作之結果、對象。

29　費氣：hùi-khì，費事、費勁。

30　作穡人：tsoh-sit-lâng，農人。作穡：tsoh-sit，種田。

31　予：hōo，給、讓。

32　恁：lín，你們。

33　猶：iáu，還。

34　in：他們；第三人稱所有格，他的。

35　兜：tau，家。

36　成甲地：tsiânn kah tē，約一甲地。成：tsiânn，將近、約。
　　一甲有二千九百三十四坪，等於零點九七公頃。

37　蹛：tuà，住。

38　哪會：nah ē，怎麼會。

39　阿太：a-thài，高曾祖父母。

的，了後[40]一代閣[41]一代，男丁傷[42]旺，一直分
家伙[43]，in 阿祖[44]是五兄弟，一人得五份一[45]，
in 阿公閣六兄弟，賰[46]分六份一，德--仔有一
个[47]阿伯四個阿叔，按呢[48]in 阿爸嘛[49]是賰六
一的財產通分 niâ[50]，算數較好--的會使[51]鬥[52]算
--一-下，五份一閣六份一閣六份一，德--仔 in
阿爸得的財產是祖太的一百八十分之一，免[53]
講嘛一塊仔 niâ。

---

[40] 了後：liáu-āu, 之後。

[41] 閣：koh, 又、再。

[42] 傷：siunn, 太、過於。

[43] 家伙：ke-hué, 家產、家業。

[44] 阿祖：a-tsóo, 曾祖父。

[45] 五份一：gōo-hūn-tsit, 五分之一。

[46] 賰：tshun, 剩下。

[47] 个：ê, 個。

[48] 按呢：án-ni, án-ne, 這樣、如此。

[49] 嘛：mā, 也。

[50] niâ：而已。

[51] 會使：ē-sái, 可以、能夠。

[52] 鬥：tàu, 幫忙。

[53] 免：bián, 不必、不用、無須。

　　七兄弟仔作[54]甲外地[55]，日子欲按怎[56]過？閣講，略略--仔[57]就攏會當娶某[58]--矣[59]，緊早慢[60]嘛愛[61]分開食，按呢，一个人嘛才分無兩分地，這是德--仔 in 老爸上煩惱的代誌。德--仔做[62]大囝[63]的人，愛比小弟仔擔較濟[64]責任，自少年時代起，就立志欲蓄[65]土地，有工就趁[66]，會使講做甲[67]無暝無日[68]，庄--裡的人毋

54　作: tsoh, 耕種。

55　甲外地: kah guā tē, 一甲多的地。

56　按怎: án-tsuánn, 如何。

57　略略 -- 仔: lióh-lióh--á, 稍待, 再過不久。

58　娶某: tshuā-bóo, 娶妻、娶親。

59　-- 矣: --ah, 語尾助詞, 表示完成或新事實發生。

60　緊早慢: kín-tsá-bān, 早晚、遲早。

61　愛: ài, 要、必須。

62　做: tsò, 為。

63　大囝: tuā-kiánn, 長子。

64　濟: tsē, 多。

65　蓄: hak, 添置、購置, 金額較高。

66　趁: thàn, 賺。

67　甲: kah, 到, 到⋯⋯的程度。

68　無暝無日: bô-mî-bô-jit, 忙得不分晝夜、日以繼夜、不眠不休。

才[69]尻川後[70]叫伊[71]痟德--仔，這毋是完全咧[72]供體[73]、譬相[74]--伊，有呵咾[75]的意思在內。

　　德--仔十三歲起就落田[76]，駛、犁、紡[77]、拖挵筒[78]、拍磟碡[79]、扞[80]手耙[81]，逐[82]項攏會。這毋是人 gâu[83]，是牛咧拖咧犁，德--仔

---

[69] 毋才：m̄-tsiah, 才。

[70] 尻川後：kha-tshng-āu, 背後、背地裡。

[71] 伊：i, 他、她、牠、它，第三人稱單數代名詞。

[72] 咧：leh, 表示進行中。

[73] 供體：king-thé, 挖苦、諷刺。

[74] 譬相：phì-siùnn, 挖苦、奚落、諷刺。

[75] 呵咾：o-ló, 讚美。

[76] 落田：lòh-tshân, 下田。

[77] 紡：pháng, 使用耕耘機犁田。

[78] 挵筒：luàh-tâng, 長九尺直徑三四寸的木製圓筒形農具，主要功用是蓋平水田。

[79] 拍磟碡：phah làk-tàk, 使用磟碡。磟碡爲用腳車索綁在兩端，以牛拖，人站在踏板上，兼平水田碎土、埋押稻株的農具。

[80] 扞：huānn, 扶。

[81] 手耙：tshiú-pē, 插秧前用來撥平田中泥土的農具。

[82] 逐：tàk, 每一。

[83] gâu：能幹。

家己[84]作毋成[85]穡[86]niâ，大部分的時間攏去引[87]穡頭[88]，趁工。會使講自做囡仔[89]會曉[90]飼[91]牛起，德--仔佮 in 兜彼[92]隻牛就若[93]予[94]運命[95]的索仔[96]縛[97]做一夥[98]，一工[99]二四點鐘[100]纏絚絚[101]。

---

[84] 家己：ka-tī, 自己。

[85] 毋成：m̄-tsiânn, 達不到某標準、算不上。

[86] 作穡：tsoh-sit , 種田。

[87] 引：ín, 找工作。

[88] 穡頭：sit-thâu, 工作。

[89] 做囡仔：tsò-gín-á, 孩提、幼時。

[90] 會曉：ē-hiáu, 知道、懂得。

[91] 飼：tshī, 畜養；餵食。

[92] 彼：hit, 那。

[93] 若：ná, 好像、如同。

[94] 予：hōo, 被；讓。

[95] 運命：ūn-miā, 指命底。「命運」指一時之運勢。

[96] 索仔：soh-á, 繩子。

[97] 縛：pàk, 綁。

[98] 做一夥：tsò-tsit-huè, 在一道、在一起。

[99] 工：kang, 天、日。

[100] 點鐘：tiám-tsing, 小時、鐘頭。

[101] 纏絚絚：tînn ân-ân, 纏得緊緊的。

哪會講二四點鐘？土地少的人厝[102]嘛蹛
細[103]間，人睏[104]較狹[105]--咧無要緊，彼隻牛較
按怎[106]嘛著[107]一間牛牢[108]，德--仔為著[109]惜[110]
彼隻牛，共[111]牛牢摒[112]甲足[113]清氣[114]，放尿[115]
放屎[116]隨[117]就共清，按呢較無蠓[118]蟲。彼時，
拄[119]戰後，日子無啥[120]平順，有人出來做賊，

---

102 厝：tshù, 房子、家。

103 細：sè, 小。

104 睏：khùn, 睡。

105 狹：èh, 窄。

106 較按怎：khah-án-tsuánn, 無論如何, 與 mā 或 to 連用。

107 著：tiòh, 得、要、必須。

108 牛牢：gû-tiâu, 牛欄、牛舍。

109 為著：ūi-tiòh, 為了。

110 惜：sioh, 愛惜、疼愛。

111 共：kā, 把、將。

112 摒：piànn, 打掃、清理。

113 足：tsiok, 非常。

114 清氣：tshing-khì, 乾淨。

115 放尿：pàng-jiō, 排尿。

116 放屎：pàng-sái, 排糞。

117 隨：sûi, 立刻、立即。

118 蠓：báng, 蚊子。

都市就剪絡仔[121]偷錢銀，庄跤[122]無啥值錢--的，偷掠雞掠鴨是四常[123]--的，偷牽牛算大賊賈[124]，這款[125]賊仔牛毋敢牽去牛墟[126]喝價[127]，有--是刣[128]刣剖剖--咧做肉牛賣。彼時 hán講[129]隔壁庄有人 phàng 見[130]牛，德--仔毋敢睏，佇[131]牛牢顧規暝[132]，尾--仔[133]規氣[134]佇遐[135] nê[136] 蠓

---

[119] 拄：tú，才剛、剛。

[120] 無啥：bô-siánn，不太。

[121] 剪絡仔：tsián-liú-á，扒手。

[122] 庄跤：tsng-kha，鄉下。

[123] 四常：sù-siông，平常。

[124] 賊賈：tsha̍t-kóo，偷貴東西的賊。

[125] 這款：tsit-khuán，這種。款：khuán，種類、樣式。

[126] 牛墟：gû-hi，買賣牛隻的市集。

[127] 喝價：huah-kè，喊價。

[128] 刣：thâi，屠宰。

[129] hán 講：hán-kóng，傳言。

[130] phàng 見：phàng-kìnn，拍毋見 (phah-m̄-kìnn) 的合音，丟掉、遺失。

[131] 佇：tī，在。

[132] 規暝：kui-mî，整晚。

[133] 尾 -- 仔：bué--á，後來。

[134] 規氣：kui-khì，乾脆。

罩[137]，舒[138]草蓆仔睏。

德--仔顧牛比人咧顧某[139]較體貼、溫柔，牛驚熱，德--仔共沖水若像[140]洗身軀[141]按呢，出門嘛攏紮[142]一枝長桸管[143]，溝仔邊隨時舀水共淋。若有比賽「清氣牛」，若這時的『清潔寶寶』按呢，阿德--仔彼隻牛的確[144]會入選。瘠德--仔食到二十外[145]猶未[146]娶，牛比某較重要。

這个時代有『口蹄疫』，彼時嘛有精牲仔[147]咧著災[148]，精差[149]無這款詞 niâ，德--仔彼

---

[135] 遐：hia, 那裡。

[136] nê：撐開、張掛。

[137] 蠓罩：báng-tà, 蚊帳。

[138] 舒：tshu, 舖。

[139] 某：bóo, 妻子、太太、老婆。

[140] 若像：ná-tshiūnn, 彷彿、好像、猶如。

[141] 洗身軀：sé-sing-khu, 洗澡。

[142] 紮：tsah, 攜帶。

[143] 桸管：hia-kóng, 杓管。

[144] 的確：tik-khak, 必定、絕對。

[145] 二十外：jī-tsa̍p-guā, 二十多歲。

[146] 猶未：iáu-bē, 還沒。

隻寶貝牛煞[150]去穢[151]--著，袂[152]食袂睏，四肢無力，倩[153]獸醫來注射嘛無啥行氣[154]，人綴[155]牛咧袂食袂睏，比牛較食力[156]，痟德--仔規个[157]人瘦枝落葉[158]，連 in 六个小弟佮三个小妹都咧爲伊操煩牽掛。醫學的物件[159]毋是作穡人所會當理解--的，注射、灌藥仔，暝日[160]按呢照顧，猶是無法度[161]解救彼隻牛的性命。

---

[147] 精牲仔：tsing-sinn-á, 牲畜、畜生、家禽或家畜。

[148] 著災：tiòh-tse, 家禽或家畜等鬧瘟疫。

[149] 精差：tsing-tsha, 只是；差只差。

[150] 煞：suah, 竟然。

[151] 穢：uè, 傳染。

[152] 袂：bē, 表示不能夠。

[153] 倩：tshiànn, 聘僱、僱用。

[154] 行氣：kiânn-khì, 奏效、見效。

[155] 綴：tuè, 跟隨。

[156] 食力：tsiàh-làt, 吃力。

[157] 規个：kui-ê, 整個。

[158] 瘦枝落葉：sán-ki-lòh-hiòh, 形容容貌衰弱消瘦。

[159] 物件：mih-kiānn, 東西。

[160] 暝日：mî-jit, 日夜。

[161] 無法度：bô-huat-tōo, 沒法子、沒輒、沒辦法。

　　死牛欲[162]予人搬[163]去燒掉彼早起[164]，德--仔一个人坐佇溝仔邊，看溝仔水悠悠仔流，風一陣一陣對[165]竹仔尾搖--落-來[166]，共溝仔底的雲影佮紺[167]的天挲[168]甲一稜[169]一稜，遮是伊逐工[170]牽牛來 kō 浴[171]的所在[172]，伊放聲吼[173]，袂輸死爸死母彼款吼聲，共透早[174]的田園罩一沿[175]哀愁的濛霧。

　　過幾工，有人報講竹圍仔有牛欲賣--人，

162　欲：beh，將要、快要。

163　搬：tshia，以車子搬運東西。

164　早起：tsái-khí，早上。

165　對：uì，從、由。

166　落來：lòh-lâi，下來。

167　紺：khóng，深藍色。

168　挲：so，撫摸、搓。

169　稜：līng，量詞，故意把土隆起以利種植狀。

170　逐工：tàk-kang，每天。

171　kō 浴：kō-ik，在水溝翻轉浸水。

172　所在：sóo-tsāi，地方。

173　吼：háu，哭。

174　透早：thàu-tsá，一早、大清早。

175　沿：iân，量詞，層。

叫阿德--仔去相[176]牛。彼口灶[177]是落教[178]--的，
講有幾若[179]戶做夥[180]欲移民搬去巴西開墾，去
遐嘛著牛，毋過坐船仔講愛幾個月才會到，牛
袂當[181]買船票。攏總[182]有六戶，逐戶攏有一隻
牛，有兩隻已經允[183]--人-矣。四隻攏看--起-來
勇勇，出價閣真公道，庄--裡佮伊鬥陣[184]去的
人，攏鼓舞阿德--仔蓄一隻起--來，阿德--仔四
戶走[185]來走去，逐隻牛相了閣相，一工袂當做
決定，翻轉工[186]閣去看，人講娶某對看[187]嘛無

---

[176] 相：siòng, 打量、盯視。

[177] 口灶：kháu-tsàu, 戶、家。

[178] 落教：lóh-kàu, 受洗、信教。

[179] 幾若：kuí-nā, 許多、好幾。

[180] 做夥：tsò-hué, 一起。

[181] 袂當：bē-tàng, 不能、不可以。

[182] 攏總：lóng-tsóng, 一共、全部、總共。

[183] 允：ín, 應允。

[184] 鬥陣：tàu-tīn, 一起、結伴、偕同。

[185] 走：tsáu, 跑。

[186] 翻轉工：huan-tńg-kang, 隔日、翌日。

[187] 對看：tuì-khuànn, 相親。

相遇工夫[188]。

　　過一禮拜，阿德--仔猶未決心，三隻都也予人買--去-矣，賰一隻 niâ，伊也無啥通揀[189]，主人家是真忠厚的人，講阿德--仔若錢較缺，會當閣減，伊有聽人講阿德--仔惜牛出名--的，共牛賣予--伊，主人家真放心，這隻牛毋是有啥痞勢[190]無人欲買，是主人毋甘[191]清彩[192]賣，為欲報答伊對這家庭的貢獻，甘願俗[193]賣予疼牛若疼某囝[194]的阿德。

　　厝邊[195]攏勸阿德共買--落-來，去牛墟是掠無遮爾[196]俗閣勇--的，牛就是牛，勇勇--仔會堪

---

[188] 工夫：kang-hu，縝密、仔細。

[189] 揀：kíng，選擇。

[190] 痞勢：khiap-sì，醜陋、難看，（本來僅指女性貌醜）。

[191] 毋甘：m̄-kam，捨不得。

[192] 清彩：tshìn-tshái，隨便。

[193] 俗：siók，便宜。

[194] 某囝：bóo-kiánn，妻兒。

[195] 厝邊：tshù-pinn，鄰居。

[196] 遮爾：tsiah-nī，這麼、多麼。

得[197]駛就好。阿德--仔煞起戀神[198]，伊講一隻
牛是欲做夥一世人[199]--的，哪會使清彩掠--一
-隻，閣講，伊想欲揣[200]若像伊過身[201]彼隻全
款[202]--的才欲買。通常「過身」是用佇人--的，
阿德--仔共伊的牛死--去講是「過身」，就知
影[203]牛佇伊心內占啥款的地位。

　　過一個月，阿德--仔猶是無牛通駛，作穡
伴攏笑伊傷直，牛是欲用來共人鬥做工課[204]--
的，阿德--仔煞咧佮牛跋感情[205]，親像人死某
三年內毋敢欲娶新娘全款，一樣草飼百款牛，
欲哪[206]有佮伊原先彼隻全款的牛。附近寶斗，

---

[197] 會堪得：ē-kham-tit，禁得起、承受得了、支持得住。
[198] 起戀神：khí gōng-sîn，發怔、發痴、發呆。
[199] 一世人：tsit-sì-lâng，一輩子。
[200] 揣：tshuē，找、尋找。
[201] 過身：kuè-sin，過世。
[202] 全款：kāng-khuán，一樣。
[203] 知影：tsai-iánn，知道。
[204] 工課：khang-khuè，工作，「功課」的白話音。
[205] 跋感情：puàh-kám-tsîng，投入感情。
[206] 欲哪：beh-nah，詰問如何。

較落南[207]的北港，攏有大牛市，就是人稱做是「牛墟」--的，阿德攏去揣--過，就是揀無一隻投伊意--的。欲用牛的時，先共厝邊撥--一-晡[208]-仔，貼人寡[209]草料錢。

德--仔in老爸問伊講：「彼隻牛若勇勇，咱[210]就共掠--轉-來[211]，橫直[212]是一隻牛 niâ，thài[213]著考慮遐久，無牛是欲按怎作穡，你干焦[214]這站仔[215]無去引工課就了[216]偌濟[217]去--矣？」

德--仔應[218]講：「牛有牛性，干焦勇，若

---

[207] 落南：lòh-lâm，南下。

[208] 一晡：tsit poo，半天。

[209] 寡：kuá，一些、若干。

[210] 咱：lán，我們，包括聽話者。

[211] 轉來：tńg-lâi，回來。

[212] 橫直：huâinn-tit，反正。

[213] thài：為何、怎麼。

[214] 干焦：kan-tann，只有、僅僅。

[215] 這站仔：tsit-tsām-á，這陣子。

[216] 了：liáu，浪費、虧損。

[217] 偌濟：juā-tsē，多少。

[218] 應：in，回答、應答。

毋知性，伊袂[219]聽咱教。人會當用講話相知影
性，牛佮咱無話講，欲知性較僫[220]，予我加[221]
看--幾-隻-啊，無差彼幾工。我毋是嫌貴，是驚
掠著歹性地[222]的牛，彼就真費氣！」

　　有一个禮拜日，欲晝[223]，竹圍仔人規家[224]
牽彼隻牛來，講是欲送予德--仔，主人講彼早
起去做禮拜，有共牛的代誌講予教會的牧師佮
會友聽，彼隻佇 in 兜一世牛，佮規家夥仔攏足
親近，in 共牛當做家庭的一份子，袂當 tshuā[225]
伊去巴西都咧艱苦心[226]--矣，欲共賣掉，萬不
一[227]若拄著[228]惡主人，驚會克虧[229]著彼隻牛。

---

[219] 袂：bē，不會。

[220] 僫：oh，困難。

[221] 加：ke，多。

[222] 歹性地：pháinn-sìng-tē，脾氣不好。

[223] 欲晝：beh-tàu，將近中午。

[224] 規家：kui-ke，全家。

[225] tshuā：帶、帶領。

[226] 艱苦心：kan-khóo-sim，難受、難過。

[227] 萬不一：bān-put-it，萬一。

[228] 拄著：tú-tiȯh，碰到、遇到。

[229] 克虧：khik-khui，委屈、虧待。

全教會的人攏知影阿德惜牛，伊駛牛的時，
手--裡嘛會提[230]籐條，毋過無人看過伊共彼隻
牛捽[231]--過。雖罔[232]一隻牛會使賣不止仔[233]濟
錢，總--是，較濟錢嘛無人咧賣某賣囝[234]，彼
隻牛對 in 來講，就若像這款--的。

庄跤人[235]真條直[236]，無緣無故人[237]一隻牛
欲予--in，收的人心內袂得過[238]，過三工，阿
德--仔倩一齣大戲去竹圍仔庄搬[239]，講是欲送
別離鄉去遠遠毋知佗位[240]巴西的六戶人，逐个
攏知伊是得人一隻牛袂過心[241]，專工[243]答謝--

---

[230] 提：theh，拿。

[231] 捽：sut，用繩索等細軟東西抽打。

[232] 雖罔：sui-bóng，雖然。

[233] 不止仔：put-tsí-á，非常、相當的。

[234] 囝：kiánn，兒女。

[235] 庄跤人：tsng-kha lâng，鄉下人。

[236] 條直：tiâu-tit，坦率、正直、率直。

[237] 人：lâng，指他人。

[238] 袂得過：bē-tit-kuè，過不去、過意不去。

[239] 搬：puann，演出。

[240] 佗位：toh-ūi，哪裡。

[241] 袂過心：bē-kuè-sim，過意不去。

人-的。戲棚跤[243]的大樹邊，阿德--仔牽彼隻牛
佇遐，台仔頂[244]鑼鼓八音 lòng-lòng 叫[245]，阿德
--仔一直咧佮牛講話，講啥嘛干焦伊知 niâ。主
人的囡仔佇邊--仔[246]嘛無掛[247]看戲，看牛佮阿
德--仔咧互相熟似[248]，相爭[249]欲飼蔗尾[250]予牛
食，到欲暗仔[251]時，阿德--仔欲牽牛轉--去[252]，
雙方面攏流目屎[253]，有人講嘛有看著彼隻牛嘛
咧流目屎。主人規家佇門口埕[254]目睭金金[255]看

---

[242] 專工：tsuan-kang, 特地。

[243] 戲棚跤：hì-pînn kha, 戲台下。

[244] 台仔頂：tâi-á tíng, 台上。

[245] lòng-lòng 叫：lòng-lòng-kiò, 轟隆轟隆。

[246] 邊 -- 仔：pinn--á, 旁邊。

[247] 掛：khuà, 把事情放在心上。

[248] 熟似：sik-sāi, 熟悉、熟識。

[249] 相爭：sio-tsinn, 爭先、互不相讓。

[250] 蔗尾：tsià-bué, 甘蔗葉，一般當做牛的飼料。

[251] 欲暗仔：beh-àm-á, 黃昏。

[252] 轉 -- 去：tńg--khì, 回去。

[253] 目屎：ba̍k-sái, 眼淚。

[254] 門口埕：mn̂g-kháu-tiânn, 前庭、前院。

[255] 目睭金金：ba̍k-tsiu kim-kim, 眼睜睜、眼巴巴望著。

阿德--仔佮牛的身影，西爿[256]紅紅的日頭光[257]
共 in 的影搝[258]甲眞長眞遠。

　　彼隻牛掠--來了後，阿德--仔全款按呢犁
按呢駛，嘛毋捌[259]共拍[260]，毋過，感覺無親像
較早[261]彼隻遐親近，人做夥都會有感情上的無
仝[262]，對牛，免講嘛會有無仝的感情差異。上
少[263]，阿德--仔就無佇牛牢睏--矣，因爲伊欲娶
某--矣。

　　阿德--仔二五歲才娶某，媒人婆--仔來報親
情[264]，講是過溝仔人，離in庄無偌遠[265]，叫阿
德有閒去偷相--一-下，抑是[266]約時間對看--一-

256　西爿：sai-pîng，西邊。

257　日頭光：jit-thâu-kng，陽光。

258　搝：giú，拉、拉扯。

259　毋捌：m̄ bat，不曾。

260　拍：phah，打、揍。

261　較早：khah-tsá，以前。

262　無仝：bô-kâng，不一樣。

263　上少：siōng-tsió，至少。

264　報親情：pò-tshin-tsiânn，說媒。

265　無偌遠：bô-juā-hn̄g，沒多遠。

266　抑是：iah-sī，或是。

下。阿德去看一擺[267]，閣是遠遠看查某囡仔[268]
的一个形仔niâ，就講：

「人若無相棄嫌就好--矣！」

媒人婆--仔原本想講這箍[269]掠一隻牛愛想
遐久，娶一个某毋著[270]愛相規年，哪知代誌變
遐簡單，趁這个紅包禮閣真輕可[271]，喙笑目
笑[272]共人講：

「哎--喲，阿德--仔掠牛比娶某較頂眞[273]，
莫怪[274]人叫伊瘠德--仔！」

親像這款的代誌，佇彼款拋荒[275]的年代
應該毋是偌[276]稀罕--的，講--來，阮厝--裡[277]

---

[267] 擺：pái，次，計算次數的單位。

[268] 查某囡仔：tsa-bóo gín-á，女孩子。

[269] 箍：khoo，計算人的單位，貶意。

[270] 毋著：m̄-tiòh，照理應當如此。

[271] 輕可：khin-khó，輕鬆。

[272] 喙笑目笑：tshuì-tshiò-bák-tshiò，眉開眼笑。

[273] 頂眞：tíng-tsin，仔細、認眞、嚴謹。

[274] 莫怪：bók-kuài，難怪、怪不得、無怪乎。

[275] 拋荒：pha-hng，荒蕪。

[276] 偌：juā，多麼，表示感嘆。

[277] 厝--裡：tshù--nih，家裡。

的頂[278]一輩攏猶無愛食牛肉，就會當理解--
矣。✍

---

[278] 頂: tíng, 上一個。

純情王寶釧

　　自電視台開始搬[1]歌仔戲了後[2]，感覺氣味袂合[3]，彼[4]是爲適合鏡頭安排的表演，佮[5]觀眾隔眞遠，無臨場的互動關係，嘛[6]無 a-tóo-lí-buh[7] 演出的趣味，自按呢[8]袂愛看。有一擺[9]轉去[10]故鄉，去廟--裡揣[11]看人行棋[12]的阿爸，廟埕[13]

---

[1]　搬：puann, 演出、放映。

[2]　了後：liáu-āu, 之後。

[3]　袂合：bē-háh, 不適合。袂：bē, 不。

[4]　彼：he, 那個。

[5]　佮：kap, 和、與。

[6]　嘛：mā, 也。

[7]　a-tóo-lí-buh：adlib, 即興演奏。

[8]　自按呢：tsū-án-ni, 從此、就此。

[9]　擺：pái, 次, 計算次數的單位。

[10]　轉去：tńg-khì, 回去。

[11]　揣：tshuē, 找、尋找。

有搭台仔咧[14]搬大戲，闊[15]闊的埕斗[16]煞[17]無甲[18]一个[19]觀眾，離足[20]遠的埕仔邊大樹跤[21]有眞濟[22]老人佇[23]遐[24]行棋、跋[25]十ôo仔[26]佮棋子自摸，無人對戲有趣味。做戲[27]--的本底[28]嘛搬甲欲死 nā-hāinn[29]，看著[30]我踮[31]佇埕中央咧看了

---

[12] 行棋：kiânn-kî, 下棋。

[13] 廟埕：biō-tiânn, 寺廟前的大廣場。

[14] 咧：leh, 表示進行中。

[15] 闊：khuah, 廣、寬。

[16] 埕斗：tiânn-táu, 院子。

[17] 煞：suah, 竟然。

[18] 甲：kah, 到……的程度。

[19] 个：ê, 個。

[20] 足：tsiok, 非常。

[21] 樹跤：tshiū-kha, 樹下。跤：kha, 底下。

[22] 濟：tsē, 多。

[23] 佇：tī, 在。

[24] 遐：hia, 那裡。

[25] 跋：puáh, 賭博。

[26] 十ôo仔：tsáp-ôo-á, 以四色牌來賭博的一種。

[27] 做戲：tsò-hì, 演戲。

[28] 本底：pún-té, 本來、原本。

[29] 欲死 nā-hāinn：beh-sí-nā-hāinn, 要死不活。

後，敢若[32]雄雄[33]睏醒[34]--來，加[35]眞頂眞[36]咧搬。

　　歌仔戲會對[37]當[38]興[39]到這時的 sui-bái[40]，攏[41]是觀眾的關係，干焦[42]觀眾會當[43]決定歌仔戲的起倒。阮[44]庄--裡有一个阿霞--仔，伊較早[45]就是做歌仔戲--的，伊會蹛[46]阮庄，有眞心

---

[30] 看著：khuànn-tiòh, 看到。著：tiòh, 到, 動詞補語, 表示動作之結果、對象。

[31] 跍：khû, 蹲。

[32] 敢若：kánn-ná, 好像。

[33] 雄雄：hiông-hiông, 突然間、猛然。

[34] 睏醒：khùn-tshínn, 睡醒。

[35] 加：ke, 更加、更爲。

[36] 頂眞：tíng-tsin, 仔細、認眞、嚴謹。

[37] 對：uì, 從、由。

[38] 當：tng, 正當某時期。

[39] 興：hing, 興盛、盛行。

[40] sui-bái：衰敗、背時。

[41] 攏：lóng, 都。

[42] 干焦：kan-tann, 只有、僅僅。

[43] 會當：ē-tàng, 可以。

[44] 阮：guán, 我們, 不包括聽話者; 我的, 第一人稱所有格。

[45] 較早：khah-tsá, 以前。

[46] 蹛：tuà, 住。

適[47]的故事。

阿霞是海口人，我會記得[48]頭擺[49]來阮庄--裡，是搬苦命王寶釧，彼[50]齣戲台灣大細漢[51]攏知影[52]，王寶釧苦守寒窯十八多[53]，是苦齣--的。一个青春年華的少女佇經濟環境眞bái[54]的庄跤[55]，等夫君十八年，食毋成[56]食、穿毋成穿，以軍功封侯做將轉--來[57]的薛平貴敢[58]閣[59]看伊有上目[60]？阿霞共[61]這个角色搬甲入骨，

---

[47]　心適：sim-sik, 有趣、好玩。

[48]　會記得：ē-kì-tit, 記得。

[49]　頭擺：thâu-pái, 第一次。

[50]　彼：hit, 那。

[51]　大細漢：tuā-sè-hàn, 老少長幼。

[52]　知影：tsai-iánn, 知道。

[53]　多：tang, 年。

[54]　bái：不好、糟糕。

[55]　庄跤：tsng-kha, 鄉下。

[56]　毋成：m̄-tsiânn, 達不到某標準、算不上。

[57]　轉--來：tńg--lâi, 回來。

[58]　敢：kám, 疑問副詞, 提問問句。

[59]　閣：koh, 仍然、還。

[60]　看伊有上目：khuànn i ū tsiūnn-bȧk, 看她看得上眼。

[61]　共：kā, 把、將。

觀眾綴[62]伊哭，綴伊哼[63]，這時，戲台頂[64]貼出
紅紙，講「感謝莊書文先生賞金八十」，台
仔跤庄--裡的人看一下喙舌[65]吐吐，彼陣[66]查某
人[67]去共[68]人挲草[69]，一工[70]嘛才十箍銀[71]niâ[72]，
莫怪[73]莊--先生是阮庄第一的好額人[74]。

彼是庄--裡的廟仔犒軍[75]，專工[76]去倩[77]一

---

[62] 綴：tuè，跟隨。

[63] 哼：hainn，抱怨、訴苦、痛苦呻吟。

[64] 戲台頂：hì-tâi tíng，戲台上。

[65] 喙舌：tshuì-tsih，舌頭。

[66] 彼陣：hit-tsūn，那時候。

[67] 查某人：tsa-bóo-lâng，女人。

[68] 共：kā，幫。

[69] 挲草：so-tsháu，跪在稻田裡以手除草。

[70] 工：kang，天、日。

[71] 十箍銀：tsáp-khoo-gîn，十塊錢。

[72] niâ：而已。

[73] 莫怪：bók-kuài，難怪、怪不得、無怪乎。

[74] 好額人：hó-giáh-lâng，有錢人。

[75] 犒軍：khò-kun，是民間信仰中一種犒賞天將神兵的儀
式。

[76] 專工：tsuan-kang，特地、專程。

[77] 倩：tshiànn，聘僱、僱用。

棚大戲，彼陣都市當咧[78]痟[79]台語電影，一年內連紲[80]演三集「薛平貴佮王寶釧」，是麥寮拱樂社歌仔戲團的團長陳澄三倩何基明導演的歌仔戲電影，台北大觀戲院的玻璃窗仔門予[81]熱情的觀眾 kheh[82]-kheh--破，有夠轟動。庄跤無戲園[83]，看袂[84]著電影，毋過[85]麥寮海口離阮遮[86]無蓋[87]遠，較早捌[88]倩來做--過，廟的主持去接接[89]了後，講拱樂社這陣[90]當紅，無欲[91]閣

---

[78] 當咧：tng-leh, 正在。

[79] 痟：siáu, 沈迷、瘋某事物。

[80] 連紲：liân-suà, 連續、接連不斷。

[81] 予：hōo, 被；讓。

[82] kheh：擠。

[83] 戲園：hì-hn̂g, 戲院、劇院。

[84] 袂：bē, 表示不能夠。

[85] 毋過：m̄-koh, 不過、但是。

[86] 遮：tsia, 這裡。

[87] 蓋：kài, 十分、非常。

[88] 捌：bat, 曾。

[89] 接接：tsih-tsiap, 接洽、接觸。

[90] 這陣：tsit-tsūn, 這時候。

[91] 欲：beh, 想要、打算。

再[92]接廟戲。無魚，蝦嘛好，庄--裡就講看佗[93]一團有咧搬這齣「薛平貴佮王寶釧」，就倩佗一團。嘛有老一輩--的堅持講應該是「王寶釧佮石平貴」，毋[94]是薛平貴，到底是姓薛抑[95]姓石，橫直[96]，平貴--仔也毋是阮庄--裡的人，諍[97]也諍無一個確實的結果，這咱[98]就莫[99]講。經過探聽，知影「眞秀園」的苦旦何明霞妝做王寶釧無輸演電影齣拱樂社的苦旦吳碧玉，就落訂金[100]先註文[101]犒軍連紲兩工的戲文。

彼陣是一九五六年尾，我猶是[102]咱人[103]三

---

92 閣再：koh-tsài，又、再。

93 佗：toh，哪（一）。

94 毋：m̄，否定詞。

95 抑：iah，或是、還是。

96 橫直：huâinn-tit，反正。

97 諍：tsìnn，爭辯、強辯。

98 咱：lán，我們，包括聽話者。

99 莫：mài，別、不要。

100 落訂金：lòh tiānn-kim，下訂金。

101 註文：tsù-bûn，訂購。

102 猶是：iáu sī，還是。

103 咱人：lán-lâng，農曆、陰曆。

歲囡仔[104]niâ，毋捌代誌[105]，攏是尾--仔[106]庄--裡
的阿財講予[107]我聽--的；阿財自細漢[108]就來莊--
先生in[109]兜[110]，in爸母散 tsiah[111]，共伊賣予莊--
家做長工，對十歲起愛[112]做到二五歲才有通[113]
自由；莊--家對頂[114]一輩起就有讀冊[115]，田園
濟，踮大厝宅[116]，會使[117]講是地方的頭人[118]，
莊書文是這代的主人，阿財拄[119]來的時，較

---

[104] 囡仔：gín-á, 小孩子。

[105] 毋捌代誌：m̄-bat tāi-tsì, 不懂事。

[106] 尾 -- 仔：bué--á, 後來。

[107] 予：hōo, 給。

[108] 細漢：sè-hàn, 小時候。

[109] in：第三人稱所有格, 他的；他們。

[110] 兜：tau, 家。

[111] 散 tsiah：sàn-tsiah, 貧困。

[112] 愛：ài, 得、必須。

[113] 有通：ū-thang, 有得。

[114] 頂：tíng, 上一個。

[115] 讀冊：tha̍k-tsheh, 讀書。

[116] 厝宅：tshù-the̍h, 宅第。

[117] 會使：ē-sái, 可以、能夠。

[118] 頭人：thâu-lâng, 領導人。

[119] 拄：tú, 才剛、剛。

粗重的工課[120]做無，就若像[121]古早[122]專門陪少
爺的奴才--咧[123]，陪大伊五歲的莊書文讀書、
tshit迌[124]，到書文in老爸共莊--家的產業交予這
個後生[125]接管的時陣[126]，阿財都[127]也二二歲，
做真久七、八年的粗工--矣[128]，雖罔[129]是長
工，佮頭家[130]的感情算誠[131]好，阿財十五歲彼
年，頭家娶某[132]，到伊十八歲，頭家就想欲[133]
替伊蓄[134]一個新婦[135]，予伊管外口[136]，in某[137]

---

[120] 工課：khang-khuè，工作，「功課」的白話音。

[121] 若像：ná-tshiūnn，彷彿、好像、猶如。

[122] 古早：kóo-tsá，從前、昔日。

[123] --咧：--leh，置於句末，用以加強語氣。

[124] tshit迌：tshit-thô，玩、遊玩。

[125] 後生：hāu-sinn，兒子。

[126] 時陣：sî-tsūn，時候。

[127] 都：to，表示強調。

[128] --矣：--ah，語尾助詞，表示完成或新事實發生。

[129] 雖罔：sui-bóng，雖然。

[130] 頭家：thâu-ke，主人、東家、老闆。

[131] 誠：tsiânn，非常。

[132] 娶某：tshuā-bóo，娶妻、娶親。

[133] 想欲：siūnn-beh，想要。

[134] 蓄：hak，添置、購置，金額較高。

款[138]厝內[139]，按呢，看阿財會一世人[140]留佇遮--袂[141]？莊--家對阿財算眞有交重[142]。哪知這个阿財，明明是長工奴才仔命，毋過大心肝[143]，乞食[144]身皇帝喙[145]，歪喙[146]雞閣想欲揀[147]好米喙，人報伊幾个姑娘仔，伊看攏袂佮意[148]，庄內人喙講：

　　「這个阿財，毋知家己[149]是賣人做長工--

135　新婦：sin-pū，妻子。

136　外口：guā-kháu，外面。

137　某：bóo，妻子、太太、老婆。

138　款：khuán，整理、收拾。

139　厝內：tshù-lāi，家裡。

140　一世人：tsit-sì-lâng，一輩子。

141　-- 袂：--bē，問可能性或能力的語詞。

142　眞有交重：tsin ū kau-tiāng，很能託付。

143　大心肝：tuā-sim-kuann，野心大、貪心。

144　乞食：khit-tsiáh，乞丐。

145　喙：tshuì，嘴。

146　歪喙：uai-tshuì，挑食。

147　揀：kíng，選擇。

148　佮意：kah-ì，喜歡。

149　家己：ka-tī，自己。

的，頭家對伊好，煞會弄桸仔花[150]。」

　　意思是供體[151]伊是若[152]乞食--咧，圓仔花[153]毋知 bái[154]，有某通[155]娶就愛偷笑--矣，煞袂輸[156]皇帝咧選娘娘--咧，笑破人的喙！

　　頭工[157]犒軍戲，下晡[158]是武場的十八路反王，講程咬金、秦叔寶的齣頭[159]，暗時仔[160]，正戲「王寶釧苦守寒窯」開演，連附近幾个庄頭[161]的人都攏家己紮[162]椅仔、夯[163]椅條[164]來

---

[150] 弄桸仔花：lāng kuái-á-hue, 得意忘形、耍花樣。

[151] 供體：king-thé, 挖苦、諷刺。

[152] 若：ná, 好像、如同。

[153] 圓仔花：înn-á-hue, 千日紅。

[154] bái：醜。

[155] 通：thang, 可以、能夠。

[156] 袂輸：bē-su, 好比、好像。

[157] 頭工：thâu-kang, 第一天。

[158] 下晡：e-poo, 下午。

[159] 齣頭：tshut-thâu, 劇目、戲碼。

[160] 暗時仔：àm-sî-á, 晚上。

[161] 庄頭：tsng-thâu, 村子、村落。

[162] 紮：tsah, 攜帶。

[163] 夯：giâ, 扛。

[164] 椅條：í-liâu, 長板凳。

看，規个[165]廟埕 kheh 甲實滃滃[166]，何明霞共
王寶釧演甲活--起-來，莫怪莊--先生會遐[167]大
路[168]，一出手就八十箍[169]。彼暗[170]，煞戲[171]
了，廟--裡共點心攢[172]--出-來，講是地方頭人
莊書文先生辦請--的。本底若一工的戲，戲班
食飽就透暝[173]轉--去，毋過翻轉工[174]第二場愛
閣搬--咧，照規矩，戲班仔就睏[175]廟--裡。莊--
先生咧陪「真秀園」規團食點心的時，共[176]戲
班頭家講十一月天睏廟的塗跤[177]傷[178]寒[179]。園

---

165 規个：kui-ê，整個。

166 實滃滃：tsát-khó-khó，密匝匝、水洩不通。

167 遐：hiah，那麼。

168 大路：tuā-lōo，闊綽。

169 箍：khoo，元，計算金錢的單位。

170 彼暗：hit-àm，那晚。

171 煞戲：suah-hì，散場、散戲、落幕。

172 攢：tshuân，準備。

173 透暝：thàu-mî，徹夜、連夜。

174 翻轉工：huan-tńg-kang，隔日、翌日。

175 睏：khùn，睡。

176 共：kā，跟、向。

177 塗跤：thôo-kha，地面、地上。

主講無要緊，in 做戲--的歹命[180]慣勢[181]，有絮棉
襀被[182]。莊--生生欲請逐个[183]去睏 in 兜，講總--
是比睏廟--裡較燒 lòh[184]，毋過戲班堅持欲睏廟
內，講食好慣勢驚[185]後日仔[186]喙斗[187]會倖[188]歹
--去[189]。

　　庄--裡風聲講是莊--先生咧佮意何明霞，才
會遐好心，請 in 食、欲予 in 蹛閣[190]兼賞金。第
兩工暗時，「王寶釧佮薛平貴」閣搬續集，觀
眾比昨暝[191]較濟，演員嘛愈搬愈熱場，王寶釧

---

[178]　傷：siunn，太、過於。

[179]　寒：kuânn，冷。

[180]　歹命：pháinn-miā，苦命、命苦、命運多舛。

[181]　慣勢：kuàn-sì，習慣。

[182]　棉襀被：mî-tsioh-phuē，棉被。

[183]　逐个：ta̍k-ê，每個、各個。

[184]　燒 lòh：sio-lòh，暖和。

[185]　驚：kiann，害怕、擔心。

[186]　後日仔：āu-ji̍t-á，以後、改天。

[187]　喙斗：tshuì-táu，胃口。

[188]　倖：sīng，溺愛、寵愛、縱容。

[189]　歹 -- 去：pháinn--khì，壞掉。

[190]　閣：koh，再加上。

無飯食豬母奶仔草[192]，觀眾有人擎[193]錢起lih[194]
台仔頂[195]，毋過散 tsiah 的庄跤人干焦有寡[196]銀
角仔[197]通賞金 niâ，彼陣閣有紅單貼--出-來，賞
金是兩百箍，看名是「林財」，一時間眾人煞
揣無摠[198]，附近庄頭仔哪有這个人？有人喝[199]
講：

「是長工阿財--啦，阿財賞兩百箍！」

這時興[200]看戲--的是看甲神神神[201]，毋過
也有人無掛[202]看戲，佇台仔跤嗤舞嗤呲[203]會[204]

---

[191] 昨暝：tsa-mî, 昨晚。

[192] 豬母奶仔草：ti-bó-ling-á-tsháu, 馬齒莧。

[193] 擎：khian, 丟擲。

[194] 起 lih：khí-lih, 上去。

[195] 台仔頂：tâi-á tíng, 台上。

[196] 寡：kuá, 一些、若干。

[197] 銀角仔：gîn-kak-á, 硬幣、零錢。

[198] 揣無摠：sa bô-tsáng, 抓不著頭緒。

[199] 喝：huah, 吆喝、喊叫。

[200] 興：hìng, 喜好、喜歡。

[201] 看甲神神神：khuànn kah sîn-sîn-sîn, 看得入神。

[202] 掛：khuà, 把事情放在心上。

[203] 嗤舞嗤呲：tshi-bu-tshih-tshùh, 說悄悄話。

講：

「阿財一个長工仔人哪會[205]有兩百箍？哪甘[206]開[207]兩百的賞金？」

頭殼[208]較好--的想就知影是 in 頭家出的錢，驚人講閒仔話，才會用長工的名，莊--先生較按怎[209]講嘛是有某团[210]的人，傷奢颺[211]名聲袂堪[212]--得。第兩暗「王寶釧佮薛平貴」戲閣無煞[213]，親像[214]電影按呢欲演三集，欲收場的時，戲班頭家出來宣佈講欲閣加演第三工，有地方善士家己欲出戲金倩--in。庄--裡的人隨[215]就知影彼个善士定著[216]無別人，通[217]庄嘛伊

---

204 會：huē, 談論。

205 哪會：nah-ē, 怎麼會。

206 甘：kam, 捨得。

207 開：khai, 花費。

208 頭殼：thâu-khak, 頭腦、腦袋。

209 較按怎：khah-án-tsuánn, 無論如何，與 mā 或 to 連用。

210 某团：bóo-kiánn, 妻兒。

211 奢颺：tshia-iānn, 風光。

212 袂堪--得：bē-kham--tit, 不堪 ...、受不了。

213 煞：suah, 結束、停止。

214 親像：tshin-tshiūnn, 好比、好像。

有這款[218]閒錢 niâ。彼暗莊--先生閣仝款[219]攢點心
請戲班--的食。

　　代誌[220]就親像庄內人咧臆[221]--的按呢，莊
書文有影[222]去予何明霞的苦旦迷甲死死昏昏--
去，藉喙賞金就伫後台看戲，便若[223]落場就
揣機會佮伊講話，戲班--的看這款戲迷也毋是
啥罕見--的，阿霞予莊--先生 tshuā[224]去散步，
也無人有啥加[225]話。這團真秀園嘛是海口來--
的，雖罔毋是麥寮拱樂社，毋過海口自來[226]喪
鄉[227]，閣再學戲--的攏是散人[228]囡仔，查某囡

---

[215]　隨：sûi，立刻、立即。

[216]　定著：tiānn-tiòh，必定、一定、肯定。

[217]　通：thong，所有的、全部的。

[218]　這款：tsit-khuán，這種。款：khuán，種類、樣式。

[219]　仝款：kāng-khuán，一樣。

[220]　代誌：tāi-tsì，事情。

[221]　臆：ioh，猜測。

[222]　有影：ū-iánn，的確、真的。

[223]　便若：piān-nā，凡是、只要。

[224]　tshuā：帶、帶領。

[225]　加：ke，多。

[226]　自來：tsū-lâi，向來、從來。

仔[229]嘛袂當[230]歌仔戲搬一世人，有合緣--的猶是緊[231]嫁。扚起初，阿霞毋知莊書文厝--裡[232]已經有建置家後[233]，看 in 兜厝宅大落[234]，伊閣做人慷慨，穿插[235]高貴，嘛親像伊的名按呢，人範[236]斯文，對伊眞有好感，佇庄--裡才做三工戲 niâ，就佮伊不止仔[237]有話講，連後檔 in 佇佗一个庄頭搬都先講予伊知，莊書文無論偌遠[238]嘛攏叫阿財佮伊去，拚甲到[239]。

227　喪鄉：sòng-hiong，貧窮。

228　散人：sàn-lâng，窮人。

229　查某囡仔：tsa-bóo gín-á，女孩子。

230　袂當：bē-tàng，不能、不可以。

231　緊：kín，趕快。

232　厝 -- 裡：tshù--nih，家裡。

233　家後：ke-āu，妻子、妻室。

234　厝宅大落：tshù-thèh tuā-lòh，深宅大院。

235　穿插：tshīng-tshah，穿著。

236　人範：lâng-pān，人品、長相。

237　不止仔：put-tsí-á，非常、相當的。

238　偌遠：juā-hn̄g，多遠。

239　拚甲到：piànn kah-kàu，趕到。

　　阿財綴頭家四界[240]去逐[241]眞秀園的戲，毋是，應該是逐何明霞，半年來，也行[242]過袂少[243]的庄頭，有一暝煞戲，戲班頭家揣莊--先生講話：

　　「莊--先生，你按呢逐場共阮捧場，賞金嘛予阮袂濟--矣，阮心肝內[244]感覺對你眞袂得過[245]，今阿霞是一个眞好的查某囡仔，你若眞正[246]有佮意，規氣[247]就共娶娶--咧，伊是自由--的，無欠戲班一仙錢[248]，隨時會使離開，阮這班阿霞是上蓋[249]上腳[250]的小旦無毋著[251]，毋過

---

[240] 四界：sì-kuè，四處、到處。

[241] 逐：jiok，追趕。

[242] 行：kiânn，行走、移動。

[243] 袂少：bē-tsió，不少、相當多。

[244] 心肝內：sim-kuann-lāi，內心。

[245] 袂得過：bē-tit-kuè，過不去、過意不去。

[246] 眞正：tsin-tsiànn，眞的。

[247] 規氣：kui-khì，乾脆。

[248] 一仙錢：tsit-sián-tsînn，一分錢。仙：sián，錢的單位。

[249] 上蓋：siōng-kài，最。

[250] 上腳：tsiūnn-kioh，出色、傑出。

阮攏真惜[252]--伊，伊若有幸福的歸宿，比啥攏
較要緊。」

　　莊書文心肝內暗苦，佮意是有影予迷甲袂
食袂睏，較輸[253]伊都厝--裡有某--矣，這戲班
的人猶毋知這條代誌，才會肯予伊接近阿霞，
若焢空[254]，阿霞一定佮伊斷路，毋過園主按呢
講，若無欲娶阿霞，變無誠意，袂輸是咧戲
弄--人-咧，凡勢[255]戲班的人會對伊反感。這欲
怎樣排解才好？尾--仔，伊揣阿財參詳，允[256]
伊條件講欲予伊五分土地，愛伊答應配合。套
一個法度[257]，共阿霞佮戲班講是莊書文欲娶阿
霞，共莊--先生這頭講是替阿財娶某，等某娶
過手[258]，才共阿霞明講，名義上是阿財的某，

---

251 無毋著：bô m̄-tio̍h, 沒有錯。
252 惜：sioh, 愛惜、疼愛。
253 較輸：khah-su, 但是、偏偏。
254 焢空：piak-khang, 敗露。
255 凡勢：huān-sè, 也許、說不定。
256 允：ín, 應諾、允諾。
257 法度：huat-tōo, 辦法、法子。
258 過手：kuè-tshiú, 過關、得手、得逞。

實際上是莊書文的細姨仔[259]，到時生生米煮甲熟--矣，欲反悔嘛袂赴[260]。

阿財是人的長工，賣身予--人，袂當講毋，伊這半年來綴頭家來來去去，知影阿霞雖罔是歌仔戲的紅小旦，毋過猶是單純的海口姑娘仔，嘛真煞[261]--伊，總--是家己知影身份差遐濟，欲佮頭家按怎[262]爭？心肝內是真毋願[263]，喉--裡猶是毋敢講起，做人的長工奴才嘛是著[264]較認份--咧。

佇彼款拋荒[265]的時代，也袂顧得禮數，莊書文講省事事省，伊予阿霞的爸母十萬箍聘金，賰[266]--的攏免，嫁妝男方家己總攬，按呢就看日準備欲娶入門，佇欲婚禮的前一工，莊

---

[259] 細姨仔：sè-î-á, 偏房、姨太太。

[260] 袂赴：bē-hù, 來不及。

[261] 煞：sannh, 迷戀、傾倒。

[262] 按怎：án-tsuánn, 如何。

[263] 毋願：m̄-guān, 不甘願、不甘心。

[264] 著：tiòh, 得、要、必須。

[265] 拋荒：pha-hng, 荒蕪。

[266] 賰：tshun, 剩下。

--先生才共代誌講予阿霞知，名義上伊是阿財的某，實際是伊的細姨，等過一段日子，才共大某[267]這頭講情，予伊正式入莊--家的門。這段日子，阿財保證袂[268]佮伊濫糝來[269]，以對主母[270]的禮相待。

　　對阿霞來講，這袂輸若天地大地動[271]--咧，伊少女的純情夢煞碎--去，今逐个攏知影伊欲嫁--矣，戲班彼爿添妝的禮嘛攏共人收--矣，這聲[272]無嫁嘛歹[273]排解，欲嫁人做細姨閣毋是伊捌想--過-的，閣講名義上另外閣有一个翁婿[274]阿財，有影是真bái才[275]。

---

267 大某：tuā-bóo, 正室、元配。

268 袂：bē, 不會。

269 濫糝來：lām-sám-lâi, 亂搞、胡亂來。

270 主母：tsú-bó, 男僕人稱呼主人的夫人。

271 地動：tē-tāng, 地震。

272 這聲：tsit-siann, 這下子、這一回。

273 歹：pháinn, 不容易、難。

274 翁婿：ang-sài, 夫婿、丈夫。

275 bái 才：bái-tsâi, 不好、不利。

娶親彼暝[276]，嘛有寡庄--裡的人來鬧
熱[277]，逐个毋知，攏欣羨[278]阿財 thah 會[279]遮[280]
好命，揀--矣揀，閣有影乞食身皇帝喙，娶著
王寶釧這個婿[281]某！人客[282]走了，阿霞共阿財
講欲做真正的翁某[283]，伊講知影阿財是古意[284]
的好人，做人長工嘛毋是就一世人無出脫[285]，
若兩翁某肯拚，猶是有好日子，按呢嘛贏伊阿
霞做人細姨歹[286]名歹姓兼害人家庭。

莊書文知影 in 兩个煞假戲真正搬了後，誠
受氣[287]，毋過較講人阿霞嘛是阿財的某，這逐

---

[276] 彼暝: hit mî, 那晚。

[277] 鬧熱: nāu-jia̍t, 熱鬧。

[278] 欣羨: him-siān, 羨慕。

[279] thah 會: thah ē, 怎麼會。

[280] 遮: tsiah, 這麼地。

[281] 婿: suí, 美、漂亮。

[282] 人客: lâng-kheh, 客人。

[283] 翁某: ang-bóo, 夫妻。

[284] 古意: kóo-ì, 老實、忠厚。

[285] 出脫: tshut-thuat, 出息、成就。

[286] 歹: pháinn, 壞的、不好的。

[287] 受氣: siūnn-khì, 生氣、發怒。

个攏知--的，冤枉無地[288]講，閣是家己做起頭--的，干焦怪阿霞做戲仔[289]無情，阿霞應[290]伊講：

「阮做戲--的上[291]純情，你歌仔戲看遐久，敢毋知阮講是一女不配二夫！我都阿財的某--矣，欲按怎閣配--你？」

阿財長工做到二五歲滿期，就 tshuā 阿霞離開莊--家，用莊--先生允予阿財的土地起厝[292]作穡[293]，正式變做阮庄--裡的人。✍

---

[288] 無地：bô tè, 無處可～。

[289] 做戲仔：tsò-hì-á, 戲子。

[290] 應：ìn, 回答、應答。

[291] 上：siōng, 最。

[292] 起厝：khí-tshù, 蓋房子。

[293] 作穡：tsoh-sit , 種田。

祖師爺掠[1]童乩[2]

　　爲著[3]走揣[4]寫作的題材，專工[5]去雲林海口 tshit 迌[6]幾若[7]工[8]，聽講[9]彼[10]附近古早[11]就是眞 散 tsiah[12]的地頭，阮[13]故鄉有一句嚇查某囝仔[14]

1　　掠：liảh, 抓、捉。
2　　童乩：tâng-ki, 乩童。
3　　爲著：ūi-tiȯh, 爲了。
4　　走揣：tsáu-tshuē, 尋找。
5　　專工：tsuan-kang, 特地、專程。
6　　tshit 迌：tshit-thô, 玩、遊玩。
7　　幾若：kuí-nā, 許多、好幾。
8　　工：kang, 天、日。
9　　聽講：thiann-kóng, 聽說、據說。
10　彼：hit, 那。
11　古早：kóo-tsá, 從前、昔日。
12　散 tsiah：sàn-tsiah, 貧困。

的話講「若無乖後擺[15]大漢[16]共[17]你嫁去海口食
番薯」，聽著[18]這句話，罕得[19]有人毋[20]驚[21]--
的。哪知這款[22]喪鄉[23]的所在[24]煞[25]有眞濟[26]大
間廟，凡勢[27]全台灣廟寺密度上懸[28]--的就是這
箍圍仔[29]，逐[30]間都婿[31]閣[32]氣派，看--起-來就

13　阮：guán, 我們，不包括聽話者；我的，第一人稱所有
　　格。

14　查某囡仔：tsa-bóo gín-á, 女孩子。

15　後擺：āu-pái, 以後。

16　大漢：tuā-hàn, 長大成人。

17　共：kā, 把、將。

18　聽著：thiann-tiòh, 聽到。著：tiòh, 到，動詞補語，後接
　　動作之結果、對象。

19　罕得：hán-tit, 難得、少有。

20　毋：m̄, 否定詞。

21　驚：kiann, 害怕、擔心。

22　這款：tsit-khuán, 這種。款：khuán, 種類、樣式。

23　喪鄉：sòng-hiong, 貧窮。

24　所在：sóo-tsāi, 地方。

25　煞：suah, 竟然。

26　濟：tsē, 多。

27　凡勢：huān-sè, 也許、說不定。

28　懸：kuân, 高。

29　這箍圍仔：tsit khoo-uî-á, 這一帶。

是眞好額[33]的廟。宗教心理學檢采[34]有合理的解說，毋過[35]這篇毋是欲[36]討論廟的代誌[37]--的，佇[38]我去參觀一間廟的時陣[39]，拄好[40]有童乩的聚會，我毋知影[41]咱[42]台灣有遐爾[43]濟童乩！

　　規陣[44]童乩攏[45]用武器咧[46]剉[47]家己[48]的尻脊

---

[30] 逐：ta̍k, 每一。

[31] 媠：suí, 美、漂亮。

[32] 閣：koh, 而且。

[33] 好額：hó-gia̍h, 有錢、富裕。

[34] 檢采：kiám-tshái, 也許、可能、說不定。

[35] 毋過：m̄-koh, 不過、但是。

[36] 欲：beh, 想要、打算。

[37] 代誌：tāi-tsì, 事情。

[38] 佇：tī, 在。

[39] 時陣：sî-tsūn, 時候。

[40] 拄好：tú-hó, 剛好、湊巧。

[41] 知影：tsai-iánn, 知道。

[42] 咱：lán, 我們，包括聽話者。

[43] 遐爾：hiah-nī, 那麼。

[44] 規陣：kui-tīn, 整群。規：kui, 整個。

[45] 攏：lóng, 都。

[46] 咧：leh, 表示進行中。

[47] 剉：phut, 斜砍、橫砍。

骿[49]，有的用七星劍，有的用有刺的流星球，刜甲[50]流血，毋過 in[51]敢若[52]攏毋知通[53]疼，嘛[54]有查某[55]童乩，全款[56]那[57]趒[58]那刜，表現無輸查埔[59]--的，這款現象我實在袂曉[60]解說，干焦[61]感覺不止仔[62]殘忍，莫怪[63]阿文--哥無愛予 in[64]某[65]品--仔去做童乩！

48　家己：ka-tī, 自己。

49　尻脊骿：kha-tsiah-phiann, 背脊、背部。

50　刜甲：phut-kah, 砍得。甲：kah, 到……的程度。

51　in：他們。

52　敢若：kánn-ná, 好像。

53　通：thang, 應該。

54　嘛：mā, 也。

55　查某：tsa-bóo, 女性。

56　全款：kāng-khuán, 一樣。

57　那……那……：ná…… ná……，一邊……一邊……。

58　趒：tiô, 跳、跳動。

59　查埔：tsa-poo, 男性。

60　袂曉：bē-hiáu, 不懂、不會。

61　干焦：kan-tann, 只有、僅僅。

62　不止仔：put-tsí-á, 非常、相當的。

63　莫怪：bók-kuài, 難怪、怪不得、無怪乎。

64　in：第三人稱所有格，他的。

我做囡仔[66]的時代，阮庄--裡無廟，連土
地公廟仔都才一間仔囝[67]niâ[68]，庄內無人咧[69]
做童乩，顛倒[70]是平埔留--落-來[71]的尪姨[72]人較
知影，一直到彼間土地公廟仔翻做祖師廟了
後[73]，廟--裡有跋桮[74]選出頭家[75]、爐主[76]，才有
欠童乩。本底[77]我想講[78]童乩是拜師傅學工夫
按呢[79]三年四個月出師產生--的，尾--仔[80]才知

65　某：bóo, 妻子、太太、老婆。

66　做囡仔：tsò-gín-á, 孩提、幼時。

67　一間仔囝：tsit-king-á-kiánn, 一小間。

68　niâ：而已。

69　咧：leh, 表示現狀、長時間如此。

70　顛倒：tian-tò, 反而。

71　落來：lóh-lâi, 下來。

72　尪姨：ang-î, 做法術、通靈的女性。

73　了後：liáu-āu, 之後。

74　跋桮：puáh-pue, 擲筊。

75　頭家：thâu-ke, 經由擲筊決定，協助「爐主」分擔祭祀工
作。

76　爐主：lôo-tsú, 經由擲筊決定輪番的每年主祭者。

77　本底：pún-té, 本來、原本。

78　想講：siūnn-kóng, 以為、認為。

79　按呢：án-ni, án-ne, 這樣、如此。

影童乩免[81]學，是神揀[82]--的，毋是清彩[83]人講欲
做就會使--得[84]-的。

　　Tshím[85]起頭，是先對[86]隔壁庄牛寮仔廟借
一个[87]童乩來，應付日常信徒關係問神這款 li-li
khok-khok[88]的代誌，品[89]講半年後阮庄愛[90]有家
己的童乩，袂當[91]一直攏靠--伊[92]，庄--裡四界[93]
探聽看 siáng[94]適合做童乩的候選人，共有可能
--的攏叫來廟前，開始關[95]神，無偌久[96]，豬牢[97]

---

[80]　尾 -- 仔：bué--á, 後來。

[81]　免：bián, 不必、不用、無須。

[82]　揀：kíng , 選擇。

[83]　清彩：tshìn-tshái, 隨便。

[84]　會使 -- 得：ē-sái--tit, 可以。

[85]　tshím：初、剛剛。

[86]　對：uì, 從、由。

[87]　个：ê, 個。

[88]　li-li khok-khok：林林總總、雜七雜八。

[89]　品：phín, 約定、議定。

[90]　愛：ài, 要、必須。

[91]　袂當：bē-tàng, 不能、不可以。

[92]　伊：i, 他、她、牠、它，第三人稱單數代名詞。

[93]　四界：sì-kuè, 四處、到處。

[94]　siáng：誰、甚麼人，啥人 (siánn-lâng) 的合音。

成--仔起趒[98]，做爐主的痟[99]德--仔緊喊廟公清義
--仔攢[100]三欉[101]香點好勢[102]，通[103]予[104]成--仔跋
看有桮--無[105]，頭桮就兩个聖桮[106]向天，分明
是祖師起愛笑[107]，笑成--仔藥箱仔毋捔欲做童
乩，動機無純，確實毋是童乩的人選。

　　祖師廟拄[108]起好無偌久，想講廟內加減[109]
嘛有金身掛金牌、予人添油香[110]的錢箱仔，

---

[95]　關: kuan, 施巫術使神祇附在靈媒或物體上以顯靈。

[96]　無偌久: bô-juā-kú, 沒多久。

[97]　豬牢: ti-tiâu, 豬欄、豬舍。

[98]　起趒: khí-tiô, 顫抖。

[99]　痟: siáu, 瘋癲、瘋狂; 沈迷、瘋某事物。

[100]　攢: tshuân, 準備。

[101]　欉: tsâng, 計算植株或直立物的單位。

[102]　好勢: hó-sè, 妥當。

[103]　通: thang, 可以、能夠、得以。

[104]　予: hōo, 給、讓。

[105]　-- 無: --bô, 置於句尾, 表示疑問語氣。

[106]　聖桮: siūnn-pue, 杯筊。

[107]　起愛笑: khí ài tshiò, 發笑、發噱、忍俊不禁。

[108]　拄: tú, 才剛、剛。

[109]　加減: ke-kiám, 多多少少。

[110]　添油香: thiam iû-hiunn, 捐香油錢。

無人顧袂使[111]，規庄干焦清義--仔是羅漢跤仔[112]，無田無園，靠做寡[113]散工仔[114]過日，本底有機會做里長伯--仔，哪知伊家己票頓[115]了毋著[116]--去，落選，拄好是做廟公上[117]好的跤數[118]，大概是香煙[119]熁[120]久也有寡靈聖[121]，無張無持[122]煞嘛起童[123]，痟德--仔緊[124]叫伊跋桮，看祖師爺有歡喜欲掠伊做童乩--無，頭桮

---

[111] 袂使：bē-sái，不可以。

[112] 羅漢跤仔：lô-hàn-kha-á，單身漢、王老五、孑然一身。

[113] 寡：kuá，一些、若干。

[114] 做散工仔：tsò suànn-kang-á，打零工。

[115] 頓：tǹg，圈選、蓋章。

[116] 毋著：m̄-tio̍h，不對、錯誤。

[117] 上：siōng，最。

[118] 跤數：kha-siàu，角色、傢伙；有輕蔑、看不起、藐視的意味存在。

[119] 香煙：hiunn-ian，香火。

[120] 熁：hannh，熱氣沖（人）。

[121] 靈聖：lîng-siànn，靈驗。

[122] 無張無持：bô-tiunn-bô-tî，無緣無故、突然。

[123] 起童：khí-tâng，起乩。

[124] 緊：kín，趕快。

就一笑一哭，明明是聖梧無毋著[125]，第二梧，跋--落，祖師煞哭清義--仔毋專心做廟公，想欲兼童乩。

廟--裡的頭家、爐主爲童乩的人選開會幾擺[126]，本底勇--仔是適當的童乩，眞拍損[127]，舊年[128]in 某做尪姨的阿 tsiáng 爲業務傷[129]好煞搬去街--裡[130]，阿樂--仔嘛有理想，毋過伊自娶某[131]後就規氣[132]去落教[133]信耶穌喝[134]a-mén[135]--矣[136]。這時有人風聲[137]講阿文--哥 in 某品--仔佇

---

[125] 無毋著：bô m̄-tiòh, 沒有錯。

[126] 擺：pái, 次，計算次數的單位。

[127] 拍損：phah-sńg, 可惜、浪費。

[128] 舊年：kū-nî, 去年。

[129] 傷：siunn, 太、過於。

[130] 街 -- 裡：ke--nih, 市內。

[131] 娶某：tshuā-bóo, 娶妻、娶親。

[132] 規氣：kui-khì, 乾脆。

[133] 落教：lòh-kàu, 受洗、信教。

[134] 喝：huah, 呼喊。

[135] a-mén：阿門。

[136] -- 矣：--ah, 語尾助詞，表示完成或新事實發生。

園--裡咧蒔[138]瓜仔草[139]，煞喙[140]--裡踅踅唸[141]，
身軀開始搖，手伸兩枝指頭仔佇面前 huê[142]閣
掣[143]，眞正起童--矣，阿文--哥 in i--仔[144]佇邊--
仔[145]咧沃水[146]，看--著，才 hán[147]--出--來-的。

　　阿文--哥是阮庄--裡頭一个佮[148]人離緣[149]--
的，伊人生做[150]瘦閣薄板[151]，bái 猴[152]bái 猴，
本底娶著圳寮仔頭人[153]雲仔舍的婿查某囝[154]蓮

137　風聲：hong-siann, 傳言、流傳、謠言。
138　蒔：sî, 播種。
139　瓜仔草：kue-á-tsháu, 脈耳草。
140　喙：tshuì, 嘴。
141　踅踅唸：sėh-sėh-liām, 唸唸有詞。
142　huê：來回移動著手摸、擦。
143　掣：tshuah, 發抖、顫抖。
144　i-- 仔：i-á, 平埔族稱呼母親。
145　邊 -- 仔：pinn--á, 旁邊。
146　沃水：ak-tsuí, 澆水。
147　hán：謠傳。
148　佮：kap, 和、與。
149　離緣：lī-iân, 離婚。
150　生做：sinn-tsuè, 長得。
151　薄板：pȯh-pán, 形容身材扁平像木板。
152　bái 猴：bái-kâu, 長相難看。

治，哪知娶個外月[155]連新娘仔都無磕[156]--著就離緣--矣，阿文--哥 in 阿 i[157]佮阿爸是袂[158]有啥怨嘆，原本 in 想講這个新婦[159]的後頭厝[160]是大富戶，嫁妝定著[161]驚--人，自動共兩公婆仔蹛[162]的正身[163]讓出來予 in 做新娘房，哪知煞干焦佮[164]一台蓮治家己咧騎的紅鐵馬仔 niâ，爸母心肝內[165]有寡毋願[166]，閣[167]啞口[168]--的誓[169]死

---

[153] 頭人：thâu-lâng, 領導人。

[154] 查某囝：tsa-bóo-kiánn, 女兒。

[155] 個外月：kò-guā-guȧh, 一個多月。

[156] 磕：khȧp, 碰、接觸。

[157] 阿 i：a-i, 平埔族稱呼母親的用語。

[158] 袂：bē, 不會。

[159] 新婦：sin-pū, 媳婦。

[160] 後頭厝：āu-thâu-tshù, 娘家。

[161] 定著：tiānn-tiȯh, 必定、一定、肯定。

[162] 蹛：tuà, 住。

[163] 正身：tsiànn-sin, 正房。

[164] 佮：kah, 附帶。

[165] 心肝內：sim-kuann-lāi, 內心。

[166] 毋願：m̄-guān, 不甘願、不甘心。

[167] 閣：koh, 再加上。

囝[170]，有話無地講[171]，尾手[172]雲仔舍予 in 幾分地離緣，阿文--哥有遮的[173]土地了後，行情較浮，才會當[174]娶著這个阿品--仔做某。

瘠德--仔聽人講品--仔會起童攑乩[175]，隨[176]就傱[177]去田頭園仔揣[178]--伊，叫伊緊著[179]來祖師廟跋桮，通予祖師揀選做童乩。阿文--哥 in i--仔是虔誠的信徒，聽爐主按呢講，叫新婦穡頭[180]且放--一-下，廟的代誌較要緊。清義--仔一把清香攢便便[181]咧等，看著品--仔來到地，

---

[168] 啞口：é-káu, 啞巴。

[169] 𥎦：teh, 用重力壓；壓在下面。

[170] 囝：kiánn, 兒女。

[171] 無地講：bô tè kóng, 無處可講。

[172] 尾手：bué-tshiú, 後來。

[173] 遮的：tsia-ê, 這些。

[174] 會當：ē-tàng, 可以。

[175] 攑乩：giàh-ki, 扶乩。

[176] 隨：suî, 立刻、立即。

[177] 傱：tsông, 無暇他顧的奔跑。

[178] 揣：tshuē, 找、尋找。

[179] 著：tiòh, 得、要、必須。

[180] 穡頭：sit-thâu, 工作。

緊共香點予著[183]，德--仔先問品--仔一寡基本資
料，了後叫伊跪佇祖師爺面前，替伊下[184]講：

「弟子女眾是在庄莊阿文的家後[185]，後頭
厝佇青埔仔，本姓是張，名叫仙品，嫁來竹
圍仔庄年半，改名莊張仙品，今年咱人[186]二三
歲，猶未[187]有後生[188]查某囝，身世清白，欲來
予祖師爺差用，若有投祖師爺的意，請用象桮
指示。」

品--仔跪佇塗跤[189]，聖桮提[190]懸才閣[191]向
下跋--落，扙好一陽一陰，正正是[192]跋著聖

---

[181] 攢便便：tshuân-piān-piān，準備得好好的。

[182] 到地：kàu-tè，一到......。

[183] 著：tòh，燃燒。

[184] 下：hē，求神。

[185] 家後：ke-āu，妻子、妻室。

[186] 咱人：lán-lâng，農曆、陰曆。

[187] 猶未：iáu-bē，還沒。

[188] 後生：hāu-sinn，兒子。

[189] 塗跤：thôo-kha，地面、地上。

[190] 提：thèh，拿。

[191] 閣：koh，又、再。

[192] 正正是：tsiànn-tsiànn-sī，不外乎是。

桮。爐主德--仔共一對桮抾倚[193]合齊，向祖師
一拜，閣下講：

「祖師爺在上，若有佮意[194]莊張仙品女眾
做你駕前童乩，請再允一桮！」

品--仔接過手，提懸跋向塗跤，閣是一笑
一哭，明明閣跋著一桮。爐主抾齊閣再[195]一遍
下講：

「女眾弟子張--氏仙品，嫁本庄的莊阿文
為妻，若是祖師爺欲掠伊做童乩，請祖師爺再
允一桮！」

品--仔肅靜跪佇塗跤，予爐主發落，無甲
一句話，這時接過聖桮，雙手合齊，誠懇跋
桮，閣是一桮向天一桮匼[196]地，連紲[197]三擺聖
桮，這聲[198]無重耽[199]--矣，祖師爺點名愛品--仔

---

[193] 抾倚: khioh uá, 收攏、聚攏。
[194] 佮意: kah-ì, 喜歡。
[195] 閣再: koh-tsài, 又、再、再度、重新。
[196] 匼: khap, 面向下覆蓋。
[197] 連紲: liân-suà, 連續、接連不斷。
[198] 這聲: tsit-siann, 這下子、這一回。
[199] 重耽: tîng-tânn, 差錯、出入。

做童乩！雄雄[200]廟公清義--仔佇邊--仔喝講：

「發爐--矣，發爐--矣！」

德--仔佮阿品攑頭[201]一看，香爐一把香煞著火，本底彼香是點著了後，共火攃[202]化[203]，賰[204]香頭一點火光紅紅，這時哪會[205]火閣著--起-來，敢[206]是祖師爺咧歡喜揣著適當的童乩？

彼工[207]阿文--哥去農會領肥料，tshím 轉來[208]到庄--裡，就搪著[209]頭家仔欽--仔，共[210]伊恭喜講 in 某予[211]祖師爺取去做童乩，是本庄

---

[200] 雄雄: hiông-hiông, 突然間、猛然。

[201] 攑頭: giȧh-thâu, 抬頭、翹首。

[202] 攃: iȧt, 搧。

[203] 化: hua, 熄滅。

[204] 賰: tshun, 剩下。

[205] 哪會: nah ē, 怎麼會。

[206] 敢: kám, 疑問副詞, 提問問句。

[207] 彼工: hit-kang, 那一天。

[208] 轉來: tńg-lâi, 回來。

[209] 搪著: tn̄g-tiȯh, 遇到。

[210] 共: kā, 跟、向。

[211] 予: hōo, 被；讓。

祖師廟頭一任--的。阿文--哥到厝[212]了後，問品--仔代誌的經過，品--仔戇神戇神[213]，敢若精神無啥[214]正常，講無啥有理路來，in i--仔佇邊--仔鬥[215]補充，才知影這个某有祖師緣。伊斡[216]--咧[217]先去田頭圳溝邊坐一睏[218]，轉--來拣好品--仔暗頓[219]煮熟，等品--仔共大官[220]、大家[221]、翁婿[222]佮家己的番薯簽飯貯[223]好勢，規家[224]坐定，阿文--哥講一句：

---

[212] 厝: tshù, 房子、家。

[213] 戇神戇神: gōng-sîng-gōng-sîng, 若有所思、恍恍惚惚、心不在焉。

[214] 無啥: bô-siánn, 不太。

[215] 鬥: tàu, 幫忙。

[216] 斡: uat, 轉身、掉頭。

[217] --咧: --leh, 表示略微處理, 固定輕聲變調。

[218] 一睏: tsit-khùn, 一會兒、一下子。

[219] 暗頓: àm-tǹg, 吃晚餐。

[220] 大官: ta-kuann, 公公。

[221] 大家: ta-ke, 婆婆。

[222] 翁婿: ang-sài, 夫婿、丈夫。

[223] 貯: té, 裝、盛。

[224] 規家: kui-ke, 全家。

「品--仔，你袂使去做童乩！」

話講了就恬恬[225]扒飯，規家夥仔[226]無講無咱[227]。

阿文--哥無欲予 in 某做童乩！這是大代誌，童乩是神職，雖罔[228]無月給通領，總--是若有信徒來跋桮、抽籤、問神，攏著童乩做人佮神的中人，加減攏會包寡意思，眞濟人咧數想[229]這缺，較輸[230]祖師爺都[231]看袂上目，無簡單品--仔才允著三桮，閣發香爐，表示祖師爺眞佮意，哪知有親像[232]阿文--哥這款人，敢逆神逆天！

祖師廟的頭人，一个爐主四个頭家，攏是庄內信徒跋桮出--來-的，隨召開臨時會議，爐

---

225 恬恬：tiām-tiām, 安靜、沉默。

226 規家夥仔：kui-ke-hué-á, 全家、一家人。

227 無講無咱：bô-kóng-bô-tànn, 不聲不響。

228 雖罔：sui-bóng, 雖然。

229 數想：siàu-siūnn, 奢想、覬覦。

230 較輸：khah-su, 但是、偏偏。

231 都：to, 表示強調。

232 親像：tshin-tshiūnn, 像是、如同。

主痟德--仔主持，四个頭家是欽--仔、意--仔、清--仔佮阿生，無彩[233]才咧歡喜掠著童乩--矣，今這聲苦--矣，欲閣揣一个予祖師爺會佮意--的是眞僫[234]。清--仔 in 某佇邊--仔共嗤舞嗤呲[235]，德--仔知影這个查某是街--裡較早[236]咧賣獎券--的，世面較捌[237]，專工問講：「有啥意見准你講！」

清--仔引用 in 某的話臆[238]阿文--哥的心事，講是自予蓮治離緣了後，阿文--哥驚這个某閣會出啥空仔縫[239]，逐項驚，若毋是有一寡好條件允--伊，恐驚[240]伊袂答應。痟德--仔本底佮阿文--哥感情毋是眞好，伊是惜牛若[241]性命--

---

233 無彩：bô-tshái, 可惜、白費。

234 僫：oh, 困難。

235 嗤舞嗤呲：tshi-bú-tshih-tshùh, 說悄悄話。

236 較早：khah-tsá, 以前。

237 捌：bat, 認識。

238 臆：ioh, 猜測。

239 空仔縫：khang-á-phāng, 可以鑽營處。

240 恐驚：khióng-kiann, 恐怕、也許。

241 若：ná, 好像、如同。

咧，毋過這个阿文--哥較早無得著雲仔舍的幾分地的時陣[242]，是靠一隻牛四界咧共人拖載物件[243]，牛若行[244]較袂[245]去，籐條就捽[246]--落，捌[247]予痟德--仔共伊罵--過，若毋是確實祖師爺的意思，伊嘛無愛予阿文 in 某做童乩。阿生講這是公事，私人的恩怨愛先囥[248]一邊，請伊做爐主--的去探看啥款條件，阿文--哥才肯予 in 某出來做童乩？

德--仔到這个坎站[249]，無去揣阿文也無法度[250]，去園--裡挽[251]兩粒金瓜做等路[252]，到

---

[242] 時陣：sî-tsūn, 時候。

[243] 物件：mih-kiānn, 東西。

[244] 行：kiânn, 行走、移動。

[245] 袂：bē, 表示不能夠。

[246] 捽：sut, 用繩索等細軟東西抽打。

[247] 捌：bat, 曾。

[248] 囥：khǹg, 放置。

[249] 坎站：khám-tsām, 地步、階段。

[250] 無法度：bô-huat-tōo, 沒法子、沒輒、沒辦法。

[251] 挽：bán, 摘取。

[252] 等路：tán-lōo, 送人的禮物。

位[253]的時，阿文扰欲出門掖肥料[254]，講伊無
閒，德--仔共金瓜[255]园佇廳頭[256]，恬恬綴[257]阿
文--哥行，到田--裡，自動敨[258]一袋肥料佮阿文
一人掖[259]一頭，對早起[260]掖到晝[261]，攏無講甲
一句啥，規坵[262]田肥料落[263]了，嘛是恬恬轉--
來。

　　彼工食暗[264]的時，阿文--哥問 in 某講：

　　「你敢欲做童乩？」

　　品--仔頭犁犁[265]，顧食飯，目睭神[266]垂

---

[253] 到位：kàu-uī，到達、抵達。

[254] 掖肥料：iā puî-liāu，施肥。

[255] 金瓜：kim-kue，南瓜。

[256] 廳頭：thiann-thâu，大廳、廳堂。

[257] 綴：tuè，跟隨。

[258] 敨：tháu，打開、解開。

[259] 掖：iā，撒。

[260] 早起：tsái-khí，早上。

[261] 晝：tàu，中午。

[262] 坵：khu，量詞，計算田園的單位。

[263] 落：lòh-puî，施肥。

[264] 食暗：tsiàh-àm，吃晚餐。

[265] 頭犁犁：thâu lê-lê，頭低低的。

垂[267]，無應話。In 爸母知阿文的性嘛恬 tsih-
tsih[268]。

牛寮仔廟彼个童乩半年過就無閣來，阿文
--哥 tshuā[269]品--仔來到祖師爺的面頭前[270]，共
爐主德--仔講：

「童乩來--矣！」✍

---

266 目睭神：ba̍k-tsiu-sîn, 眼神。

267 垂垂：suê-suê, 低垂。

268 恬 tsih-tsih：tiām-tsih-tsih, 靜悄悄、鴉雀無聲。

269 tshuā：帶、帶領。

270 面頭前：bīn-thâu-tsîng, 面前。

鱸鰻¹松--仔

　　電視新聞講有一个大尾²鱸鰻過身³，式場⁴
的匾仔、輓聯、花箍⁵、花籃濟甲⁶排對⁷大路邊
去，送出山⁸的陣頭⁹、花車共¹⁰幾若¹¹條街仔路

1　鱸鰻：lôo-muâ, 流氓。
2　大尾：tuā bué, 原指大條魚，借指幫派流氓中的首要份
　　子。
3　過身：kuè-sin, 過世。
4　式場：sik-tiûnn, 會場、禮堂，專指告別式之場所。
5　花箍：hue-khoo, 花圈、花環。
6　濟甲：tsē kah, 多到。甲：kah, 到, 到⋯⋯的程度。
7　對：tuì, 向。
8　出山：tshut-suann, 出殯、送葬。
9　陣頭：tīn-thâu, 台灣民俗的表演隊伍。
10　共：kā, 把、將。
11　幾若：kuí-nā, 許多、好幾。

窒[12]甲實渹渹[13]，規个[14]交通攏[15]亂--去，場面眞
niau[16]，無輸一般的社會賢達。

阮[17]故鄉是眞單純的所在[18]，講--來眞心
適[19]，嘛[20]仝款[21]有鱸鰻，我想社會就是社會，
無論啥物[22]所在都各行各業，鱸鰻佇[23]社會變
做[24]普通的行業--矣[25]，閣較[26]相仝[27]--的是鱸鰻

12　窒：that，堵、阻塞。
13　實渹渹：tsảt-khó-khó，密匝匝、水洩不通。
14　規个：kui-ê，整個。
15　攏：lóng，都。
16　niau：場面盛大。
17　阮：guán，我們，不包括聽話者；我的，第一人稱所有
　　格。
18　所在：sóo-tsāi，地方。
19　心適：sim-sik，有趣、好玩。
20　嘛：mā，也。
21　仝款：kāng-khuán，一樣。
22　啥物：siánn-mih，什麼。
23　佇：tī，在。
24　變做：pìnn-tsò，變成。
25　-- 矣：--ah，語尾助詞，表示完成或新事實發生。
26　閣較：koh-khah，更加。
27　相仝：sio-kâng，相同。

松--仔出山的場面嘛眞轟動。

　　有一擺[28]，我轉去[29]故鄉，路--裡[30]煞[31]窒[32]車[32]，知影[33]定著[34]是有人咧[35]出山，閣[36]看著[37]阿爸嘛綴[38]人咧送出山，想講敢[39]是佗[40]一个親情[41]過身，阿爸叫我嘛愛[42]來送上山頭[43]，講：

28　擺：pái, 次，計算次數的單位。

29　轉去：tńg-khì, 回去。

30　路 -- 裡：lōo--nih, 路上。

31　煞：suah, 竟然。

32　窒車：that-tshia, 塞車。

33　知影：tsai-iánn, 知道。

34　定著：tiānn-tiòh, 必定、一定、肯定。

35　咧：leh, 表示進行中。

36　閣：koh, 再加上、又。

37　看著：khuànn-tiòh, 看到。著：tiòh, 到, 動詞補語, 表示動作之結果。

38　綴：tuè, 跟隨。

39　敢：kám, 疑問副詞，提問問句。

40　佗：toh, 哪（一）。

41　親情：tshin-tsiânn, 親戚。

42　愛：ài, 要、必須。

43　送上山頭：sàng tsiūnn suann-thâu, 送終。

「規庄出山會遐[44]鬧熱[45]--的嘛才鱸鰻松--仔niâ[46]。」

自我做囝仔[47]就捌[48]鱸鰻松--仔，伊[49]本名本姓煞無啥人[50]知。會記得[51]有一个早起[52]，我揹[53]冊揹仔[54]欲[55]學校，彼工[56]輪著我做「值日生」，愛較早去拚掃[57]，出到庄外，天才拍殕光[58]niâ，看著鱸鰻松--仔騎鐵馬對[59]對面lop-

---

44 遐：hiah，那麼。

45 鬧熱：nāu-jia̍t，熱鬧。

46 niâ：而已。

47 做囝仔：tsò-gín-á，孩提、幼時。

48 捌：bat，認識。

49 伊：i，他、她、牠、它，第三人稱單數代名詞。

50 啥人：siánn-lâng，誰、什麼人。

51 會記得：ē-kì-tit，還記得。

52 早起：tsái-khí，早上。

53 揹：phāinn，背。

54 冊揹仔：tsheh-phāinn-á，書包。

55 欲：beh，想要、打算。(此處省略「去」)

56 彼工：hit-kang，那一天。

57 拚掃：piànn-sàu，打掃、清理。

58 拍殕光：phah-phú-kng，拂曉。

59 對：uì，從、由。

sōm[60] lop-sōm 踏--來，到我面頭前[61]煞歇[62]--落-來[63]，問我是 siáng[64]的後生[65]，哪會[66]才拚勢[67]，遐早就欲去學校。庄內人攏知影伊暗時仔[68]會去二林街仔[69]酒家佮[70]人啉[71]燒酒、跋筊[72]，透早[73]才會轉來[74]庄--裡睏[75]。我共[76]伊報阮阿爸的

---

[60] lop-sōm：有氣無力地。

[61] 面頭前：bīn-thâu-tsîng，面前。

[62] 歇：hioh，停止、休息。

[63] 落來：lóh-lâi，下來。

[64] siáng：誰、甚麼人，啥人 (siánn-lâng) 的合音。

[65] 後生：hāu-sinn，兒子。

[66] 哪會：nah ē，怎麼會。

[67] 拚勢：piànn-sì，努力、上勁、賣力。

[68] 暗時仔：àm-sî-á，晚上。

[69] 街仔：ke-á，小鎮。

[70] 佮：kap，和、與。

[71] 啉：lim，喝、飲。

[72] 跋筊：puàh-kiáu，賭博。

[73] 透早：thàu-tsá，一早、大清早。

[74] 轉來：tńg-lâi，回來。

[75] 睏：khùn，睡。

[76] 共：kā，跟、向。

名，閣解說講今仔[77]是我「值日」，才著[78]遮[79]
早出門。伊講我是乖囡仔[80]，愛認真讀冊[81]，
毋通[82]大漢[83]親像[84]伊按呢[85]，無半步取[86]才著
做鱸鰻，伊講欲予[87]我錢買四秀仔[88]，表示鼓
勵，哪知褲袋仔撏[89]無錢，才歹勢[90]歹勢講：

　　「昨暝[91]筊氣[92]真 bái[93]，輸甲焦焦[94]，先欠

---

[77] 今仔：kin-á, 今天。

[78] 著：tiòh, 得、要、必須。

[79] 遮：tsiah, 這麼地。

[80] 囡仔：gín-á, 小孩子。

[81] 讀冊：thàk-tsheh, 讀書。

[82] 毋通：m̄-thang, 不可以。

[83] 大漢：tuā-hàn, 長大成人。

[84] 親像：tshin-tshiūnn, 好比、好像。

[85] 按呢：án-ni, án-ne, 這樣、如此。

[86] 無半步取：bô puànn pōo tshú, 一無用處、一無所知、一無所知。

[87] 予：hōo, 給、給予。

[88] 四秀仔：sì-siù-á, 零食。

[89] 撏：jîm, 摸出；掏。

[90] 歹勢：pháinn-sè, 尷尬、難為情、不好意思。

[91] 昨暝：tsa-mî, 昨晚。

[92] 筊氣：kiáu-khì, 賭運。

--咧[95]，另工[96]贏筊[97]才予--你。我若袂記--得[98]，你搪著[99]我愛會記得共我講。」

　　放學轉去厝--裡[100]，我共阿爸講早起搪著鱸鰻松--仔的代誌[101]，阿爸罵我囡仔人[102]講話毋通無大無細[103]，後擺[104]愛叫「松叔--仔」。雖罔[105]松叔--仔有按呢講--過，後日[106]我若閣拄--著[107]，袂使[108]共伊討錢。

93　bái：不好、糟糕。

94　輸甲焦焦：su kah ta-ta，輸得精光。

95　咧：leh，表示狀態持續著。

96　另工：līng-kang，改天。

97　贏筊：iânn-kiáu，賭贏。

98　袂記--得：buē-kì--tit，忘記。

99　搪著：tng-tio̍h，遇到。

100　厝--裡：tshù--nih，家裡。

101　代誌：tāi-tsì，事情。

102　囡仔人：gín-á-lâng，小孩子家。

103　無大無細：bô-tuā-bô-sè，沒大沒小。

104　後擺：āu-pái，下次、以後。

105　雖罔：sui-bóng，雖然。

106　後日：āu-ji̍t，日後、以後、他日。

107　拄--著；tú--tio̍h，碰到、遇到。

108　袂使：bē-sái，不可以。

阮庄向東是老窯，彼庄佮阮遮[109]離無偌遠[110]，有一條墓仔埔[111]路相迵[112]，路邊的田一半老窯人一半阮庄的，阿樂--仔in[113]兜[114]作[115]的田就佮老窯人歁[116]章--仔相隔界[117]，彼陣[118]水猶[119]真缺，向[120]一條 Jí 仔溝共頂流[121]濁水溪水引--來，老窯先到，in 水淹[122]到額[123]才有通[124]

---

[109] 遮：tsia，這裡。

[110] 無偌遠：bô-juā-hīng，沒多遠。

[111] 墓仔埔：bōng-á-poo，墓地。

[112] 迵：thàng，通、通達。

[113] in：他們；第三人稱所有格，他的。

[114] 兜：tau，家。

[115] 作：tsoh，耕種。

[116] 歁：khám，頭腦不靈光且莽撞。

[117] 隔界：keh-kài，交界。

[118] 彼陣：hit-tsūn，那時候。

[119] 猶：iáu，還。

[120] 向：ǹg，寄望。

[121] 頂流：tíng-lâu，上流。

[122] 淹：im，灌溉。

[123] 到額：kàu-giàh，夠。

[124] 有通：ū-thang，有可能、有得。

著[125]阮庄，半暝[126]愛有人巡田顧水。佇田頭仔
開一缺[127]，予[128]水入田--裡，閣做一窟濁水膏
窟仔，水入--來先引去這窟，水--裡的塗沙[129]
留佇窟仔內，淹去田--裡的水才袂[130]膏膏[131]，
敗[132]著稻叢，會使[133]講真費氣[134]。頂坵[135]田水
若 phuànn[136]滇[137]，就會共進水缺仔窒--起-來，
下坵才有水通[138]淹，若淹有到額無窒水缺，淹
phóng-phóng[139]稻仔會爛檨[140]。樂--仔愛挨[141]絃

---

[125]　著：tioh，輪到。
[126]　半暝：puànn-mî，半夜、午夜、子夜。
[127]　缺：khih，缺口。
[128]　予：hōo，讓。
[129]　塗沙：thôo-sua，泥沙。
[130]　袂：bē，不會。
[131]　膏膏：ko-ko，濃稠。
[132]　敗：pāi，危害。
[133]　會使：ē-sái，可以、能夠。
[134]　費氣：hùi-khì，費事、費勁。
[135]　坵：khu，量詞，計算田園的單位。
[136]　phuànn：phuànn，水田進水。
[137]　滇：tīnn，滿、盈滿。
[138]　通：thang，可以、能夠。
[139]　淹 phóng-phóng：im-phóng-phóng，一片汪洋、泛濫成災。

仔[142]耍[143]音樂，作田[144]放放[145]，in 老爸無歡喜，
半暝會派伊去顧田水。

彼暝，樂--仔爲著[146]第二工欲去佮人出西
樂隊，看隔壁坵歟章--仔的田水食甲差不多--
矣，就家己[147]去共人的田頭缺仔窒--起-來，
共水漏--落-來淹家己的田。過無偌久，章--仔
來，眞受氣[148]，用掘水缺仔的鋤頭柄摃[149]樂--
仔，共伊拍[150]甲倒佇塗跤[151]，規身軀[152]血，爬

---

[140] 爛摐: nuā-tsâng, 植物腐爛。

[141] 挨: e, 來回地拉。

[142] 絃仔: hiân-á, 胡琴。

[143] 耍: sńg, 玩。

[144] 作田: tsoh-tshân, 耕種水田。

[145] 放放: hòng-hòng, 漫不經心、心在不焉。

[146] 爲著: ūi-tiòh, 爲了。

[147] 家己: ka-tī, 自己。

[148] 受氣: siūnn-khì, 生氣、發怒。

[149] 摃: kòng, 用棍、棒等打。

[150] 拍: phah, 打、揍。

[151] 塗跤: thôo-kha, 地面、地上。

[152] 規身軀: kui sin-khu, 渾身、全身、滿身。

轉去厝--裡，天都也欲[153]光[154]--矣，厝邊隔壁[155]
都也攏精神[156]，準備食早起[157]欲落田[158]，看著
樂--仔予[159]老窯人欺負，眾人眞不滿，逐个[160]
喝[161]講欲去老窯揣[162]歆章算數[163]，這時陣[164]，
有人講：

　　「歆章--仔番 pì-pà[165]，人眞歹[166]，咱[167]無

---

[153] 欲：beh，將要、快要。

[154] 光：kng，亮。

[155] 厝邊隔壁：tshù-pinn-keh-piah，左鄰右舍、街坊鄰居。

[156] 精神：tsing-sîn，睡醒、清醒。

[157] 食早起：tsiáh-tsái-khí，吃早飯。

[158] 落田：lóh-tshân，下田。

[159] 予：hōo，被。

[160] 逐个：ták ê，每個、各個。逐：ták，每一。

[161] 喝：huah，吆喝、喊叫。

[162] 揣：tshuē，找、尋找。

[163] 算數：sǹg-siàu，算帳。

[164] 時陣：sî-tsūn，時候。

[165] 番 pì-pà：huan-pì-pà，不可理喻、冥頑不靈、蠻橫不講理。

[166] 歹：pháinn，兇。

[167] 咱：lán，我們，包括聽話者。

伊法[168]，猶是愛叫鱸鰻松--仔來。」

彼个時間，松--仔猶未[169]轉--來，樂--仔 in
阿爸佮幾个厝邊就去路頭[170]等，無偌久，就等
--著-矣。松--仔鐵馬斡[171]--咧[172]就欲騎去老窯，
庄內人綴後壁[173]欲去，松--仔講：「這款[174]代
誌佮恁[175]無底代[176]，我家己來去就好。」

詳細的經過是按怎[177]，阮庄--裡無啥人
知，老窯人落氣代[178]也袂講--出-來，尾--仔[179]
是阮彼班有老窯囡仔講予我聽--的。歐章人大

---

168 無伊法：bô-i-huat, 拿他沒轍、奈何不了他。

169 猶未：iáu-bē, 還沒。

170 路頭：lōo-thâu, 路口。

171 斡：uat, 轉身、掉頭。

172 -- 咧：--leh, 表示略微處理，固定輕聲變調。

173 後壁：āu-piah, 後面。

174 這款：tsit-khuán, 這種。款：khuán, 種類、樣式。

175 恁：lín, 你們。

176 無底代：bô tī-tāi, 不相干。

177 按怎：án-tsuánn, 如何。

178 落氣代：làu-khuì-tāi, 糗事。

179 尾 -- 仔：bué--á, 後來。

籠把[180]，佇老窯做人[181]就眞霸，人緣毋[182]是眞好，彼早起，鱸鰻松--仔去到地[183]，佇門口埕[184]喝：「歆章--仔出--來！」

　　松--仔 tshoh[185]歆章--仔無應該欺負古意人[186]，章--仔無通[187]著到松--仔侵門踏戶[188]來到 in 兜聳鬚[189]，摺[190]倚[191]去欲拍松--仔，哪知松--仔是有拳頭底--的[192]，使一个勢，出手去抾[193]章--仔的拳，順勢共伊引力撥去邊--仔[194]，

---

[180]　大箍把：tuā-khoo-pé，大塊頭、大個子。

[181]　做人：tsò-lâng，爲人。

[182]　毋：m̄，否定詞。

[183]　到地：kàu-tè，一到……。

[184]　門口埕：mn̂g-kháu-tiânn，前庭、前院。

[185]　tshoh：用粗話咒罵。

[186]　古意人：kóo-ì-lâng，老實人。

[187]　無通：bô-thang，不容、沒得。

[188]　侵門踏戶：tshim-mn̂g-táh-hōo，找上門、登堂入室。

[189]　聳鬚：tshàng-tshiu，囂張、逞威風。

[190]　摺：tsìnn，急跑而來。

[191]　倚：uá，靠近。

[192]　拳頭底--的：kûn-thâu-té--ê，拳腳、拳術、技擊底子。

[193]　抾：khioh，攫。

[194]　邊--仔：pinn--á，旁邊。

章--仔無兩下手，就仆[195]佇塗跤，松--仔吩咐
伊愛攢[196]檳榔薰[197]來竹圍仔庄請，通[198]庄踅[199]
一輾[200]會失禮[201]。趁松--仔越頭[202]欲騎鐵馬，
章--仔攑[203]一枝糞攕[204]對後壁偷戮[205]，松--仔手
後曲[206]去予攕--著，跋落[207]鐵馬，看章--仔糞攕
利劍劍[208]閣揻--來，就共鐵馬拎[209]--起-來，當
做武器咧回糞攕，無幾下手，章--仔攕仔予鐵

---

[195] 仆：phak，仆倒。

[196] 攢：tshuân，準備。

[197] 薰：hun，香菸。

[198] 通：thong，整個。

[199] 踅：sėh，繞。

[200] 輾：lìn，量詞，圈。

[201] 會失禮：huē sit-lé，賠禮、道歉、賠罪。

[202] 越頭：uát-thâu，回頭。

[203] 攑：giáh，拿。

[204] 糞攕：pùn-tshiám，用來叉東西的器具。

[205] 戮：lak，用力由上往下刺。

[206] 手後曲：tshiú-āu-khiau，手肘。

[207] 跋落：puáh-lóh，跌倒。

[208] 利劍劍：lāi-kiàm-kiàm，尖銳、銳利、鋒利。

[209] 拎：ling，抬高。

馬的手扞仔[210]ké[211]落--去，松--仔共鐵馬抔[212]塗
跤，換抾彼枝糞攕做家私[213]，戮著章--仔的腹
肚[214]邊，章--仔跪--落喝「毋敢--矣」，答應欲
捧檳榔薰來共樂--仔會失禮。松--仔用喙[215]咬咧
衫仔裾[216]尾，另外一手去剺[217]一liau[218]落--來，
用喙佮手配合，共手後曲包--咧止血就鐵馬扶--
起-來，騎轉去竹圍仔睏。

　　鱸鰻松--仔轉來庄--裡攏無講啥，彼暝照
常去二林街仔啉燒酒、跋筊，翻轉工[219]早起，
鐵馬騎出二林街仔就去予刑事掠[220]--去，講是
老窯人章--仔報案，告伊傷害，有腹肚邊戮

---

[210] 手扞仔：tshiú-huānn-á, 扶手。

[211] ké：擋開、架開。

[212] 抔：phiann, 隨便丟、扔。

[213] 家私：ke-si, 工具、器具、道具。

[214] 腹肚：pak-tóo, 肚子、肚皮。

[215] 喙：tshuì, 嘴。

[216] 衫仔裾：sann-á-ńg, 衣袖。

[217] 剺：lì, 撕。

[218] liau：細長物的量詞。

[219] 翻轉工：huan-tńg-kang, 隔日、翌日。

[220] 掠：liáh, 抓住、捕捉。

一空[221]的傷單做證明。松--仔佇警察局無講原因，干焦[222]承認有共章--仔戮一空，武器是彼枝章--仔 in 兜的糞攕。因為松--仔態度好，肯佮刑事合作，毋過[223]伊是傷害罪的累犯，就共伊判六個月徒刑，糞攕是武器，當然嘛沒收。

　　松--仔咧關的時，定定[224]有穿甲眞奅[225]的姑娘來阮庄--裡，講是二林酒家的小姐，一擺來攏幾若个鬥陣[226]，驚[227]松--仔 in 阿母三頓不度[228]，捾[229]茉提[230]米來煮飯予老歲仔人[231]食，in 嘛輪班去探監，講松--仔佇籠仔內好好，請 in

---

[221] 空：khang, 傷口。

[222] 干焦：kan-tann, 只有、僅僅。

[223] 毋過：m̄-koh, 不過、但是。

[224] 定定：tiānn-tiānn, 常常。

[225] 奅：phānn, 摩登、時髦。

[226] 鬥陣：tàu-tīn, 一起、結伴、偕同。

[227] 驚：kiann, 害怕、擔心。

[228] 三頓不度：sann-tǹg put-tōo, 三餐不繼。

[229] 捾：kuānn, 提、拎。

[230] 提：thèh, 拿。

[231] 老歲仔人：lāu-huè-á-lâng, 老年人。

阿母免爲伊煩惱。松--仔 in 老母算歹命[232]，少
年就死翁[233]，生兩个後生攏眞不懂[234]，一个做
鱸鰻予人呸[235]痰呸瀾[236]，一个去佇跤梢間仔[237]
顧口做三七仔[238]，伊七十歲--矣，本底[239]就曲
痀[240]，閣佇庄--裡行路[241]攏頭犁犁[242]，表示做
人見笑[243]，感覺眞可憐。

　　鱸鰻松--仔關[244]年半才出--來，伊進前[245]
有案咧假釋，佇假釋中若閣犯案，關無了[246]--

---

[232] 歹命：pháinn-miā, 命苦、命運多舛。

[233] 翁：ang, 夫婿、丈夫。

[234] 不懂：put-tóng, 不走正道。

[235] 呸：phuì, 自發性的「吐」。

[236] 瀾：nuā, 口水。

[237] 跤梢間仔：kha-sau-king-á, 私娼寮。

[238] 三七仔：sam-tshit-á, 皮條客。

[239] 本底：pún-té, 本來、原本。

[240] 曲痀：khiau-ku, 駝背。

[241] 行路：kiânn-lōo, 走路。

[242] 頭犁犁：thâu lê-lê, 頭低低的。

[243] 見笑：kiàn-siàu, 丟人、丟臉、羞恥、羞愧。

[244] 年半：nî-puànn, 一年半。

[245] 進前：tsìn-tsîng, 之前。

[246] 了：liáu, 完了。

的愛閣還，毋才[247]會加[248]關一年，阮遐[249]的人
講彼[250]號做[251]「寄罪」。樂--仔佮 in 阿爸捌[252]
去面會，去予松--仔罵，講這款所在毋是一般
作穡[253]的古意人來--的，一人一途一款命，作
穡人[254]蓋[255]艱苦，規年週天[256]攏做甲比牛較
忝[257]，伊就是毋擔輸贏袂堪得[258]操，毋才會
行[259]這條歪路，予祖公仔見笑，樂--仔興[260]耍
樂器，嘛是好代誌，總--是並[261]伊做竹雞仔[262]

---

[247] 毋才：m̄-tsiah, 才。
[248] 加：ke, 多。
[249] 遐：hia, 那裡。
[250] 彼：he, 那個。
[251] 號做：hō-tsò, 稱爲。
[252] 捌：bat, 曾。
[253] 作穡：tsoh-sit, 種田。
[254] 作穡人：tsoh-sit-lâng, 農人。
[255] 蓋：kài, 十分、非常。
[256] 規年週天：kui-nî-thàng-thinn, 一年到頭。
[257] 忝：thiám, 累、疲倦。
[258] 袂堪得：bē-kham-tit, 不堪 ....、受不了。
[259] 行：kiânn, 行走。
[260] 興：hìng, 喜好、喜歡。
[261] 並：phīng, 比。

較實，轉--去愛骨力[263]，替竹圍仔人出一口氣。

　　庄--裡無看著鱸鰻松--仔是四常[264]的代誌，也無啥怪奇[265]，普通時仔無代誌伊也罕得[266]佮庄內人來去[267]。聽講松--仔出監了，無隨[268]轉--來，講去別位仔[269]替人顧筊間[270]趁[271]寡[272]所費[273]，一直到兩年過，我才閣看著伊，彼早起，欲考試，我較早欲去學校做準備，拄[274]出庄就聽著 oo-tóo-bái[275] 的聲，是松--仔換

---

[262] 竹雞仔：tik-ke-á, 小流氓、小混混。

[263] 骨力：kut-la̍t, 努力。

[264] 四常：sù-siông, 平常。

[265] 怪奇：kuài-kî, 奇怪、蹊蹺。

[266] 罕得：hán-tit, 難得、少有。

[267] 來去：lâi-khì, 往來。

[268] 隨：sûi, 立刻、立即。

[269] 別位仔：pa̍t-uī-á, 別處、他處、其他地方。

[270] 筊間：kiáu-king, 賭場。

[271] 趁：thàn, 賺。

[272] 寡：kuá, 一些、若干。

[273] 所費：sóo-huì, 零用錢、盤纏、費用。

[274] 拄：tú, 才剛、剛。

騎機車。看著我，就擋 tiām[276]，我這擺會記得
阿爸的交代，叫一聲「松叔--仔」，伊大概記
才[277]bái，閣問我是 siáng 的後生，我閣報阿爸
的名，伊呵咾[278]我乖，就做[279]伊去。我閣行幾
步，伊煞越頭轉--來，問講伊捌允[280]過一个學
生囡仔[281]講若贏筊有錢欲予伊所費買四秀仔，
彼个敢是我？我想著阿爸的話，毋敢應[282]，干
焦略略仔[283]頕[284]一下頭。松叔--仔講我囡仔人
袂使講話無守約束[285]，我答應伊欲共伊提醒，
伊是記智[286]無蓋好的人，我囡仔人哪會記智也

---

[275] oo-tóo-bái：機車、摩托車。

[276] 擋 tiām：tòng-tiām，停止、停頓、停下來。

[277] 記才：kì-tsâi，記性、記憶力。

[278] 呵咾：o-ló，讚美。

[279] 做：tsò，逕自、自顧。

[280] 允：ín, 應諾、允諾、許諾、應許。

[281] 學生囡仔：ha̍k-sing-gín-á，學童。

[282] 應：ìn, 回答、應答。

[283] 略略仔：lio̍h-lio̍h-á, 稍微、些微。

[284] 頕：tìm，點頭。

[285] 約束：iok-sok，約定、允諾。

[286] 記智：kì-tì，記憶、記性。

無好？就伸手對後褲袋仔撏一个貯[287]錢的皮夾仔出--來，抹[288]予--我，叫我收--起-來，我毋敢提，伊講我若無提--去，伊緊早慢[289]嘛會閣跋[290]輸了了[291]，較輸[292]予我做所費佮交學費。

　　我共皮夾仔交予阿爸，內底[293]有三千幾箍[294]，彼陣替人割稻仔一工才趁三十 niâ。阿爸予我一箍銀[295]，伊講欲 tshuā[296]我去共錢還鱸鰻松叔--仔，大概是伊唅燒酒醉，才會予我遐濟錢。

　　松--仔出--去-矣，in 阿母講松--仔的代誌佮伊無關係，無論好代[297]抑[298]歹代[299]，皮包仔伊

---

287 貯：té, 裝、盛。

288 抹：tu, 推、塞。

289 緊早慢：kín-tsá-bān, 早晚、遲早。

290 跋：puảh, 賭博。

291 了了：liáu-liáu, 光光、精光。

292 較輸：khah-su, 不如、不及、倒不如。

293 內底：lāi-té, 裡面。

294 箍：khoo, 元, 計算金錢的單位。

295 一箍銀：tsit-khoo-gîn, 一塊錢。

296 tshuā：帶、帶領。

297 好代：hó-tāi, 好事。

毋肯替後生收--起-來。若欲就等明仔再[300]伊轉--
來才閣來。

翻轉工，鱸鰻松--仔無轉--來，尾--仔聽講
佇街--裡[301]有人跋歹筊[302]，諞[303]人的錢，松叔--
仔替人去欲討一个公道，煞起撞突[304]，錯手[305]
拍--死-人，當場予警察掠--去，這擺就判真重--
矣。

彼錢阿爸攏毋敢動--著，一直到我國校[306]
出業[307]，考牢[308]都市的省初中，無錢通註冊，
阿爸才提來用，講愛感念咧關監的松叔--仔，
皮夾仔會使留咧做記念。尾--仔我就攏佇都市

---

[298] 抑：iah，或是、還是。

[299] 歹代：pháinn-tāi，壞事。

[300] 明仔再：bîn-á-tsài，明天。

[301] 街--裡：ke--nih，市內。

[302] 跋歹筊：puàh-pháinn-kiáu，詐賭。

[303] 諞：pián，詐騙、設計欺騙。

[304] 撞突：tōng-tùt，齟齬、衝突、意見不合。

[305] 錯手：tshò-tshiú，失手。

[306] 國校：kok-hāu，國民學校，簡稱國校。

[307] 出業：tshut-giàp，畢業，由日文「卒 (tsut) 業」轉音。

[308] 考牢：khó-tiâu，考上。

讀冊、生活，松叔--仔出監是幾若年後的代
誌。

　　我寫這篇毋是欲共鱸鰻變做英雄，嘛毋是
有啥奇怪的理由，干焦是照我所知--的寫--出-
來niâ。✍

Asia Jilimpo

陳明仁

《Pha 荒 ê 故事》
第五輯：田庄人氣紀事

(教羅漢字版)

乞食──庄 ê 人氣者

這個時代傳播媒體 ê 世界，政治人、演藝者上 kài 有知名度，tī 我 gín-á 時，上 kài chē 人 bat--ê 是乞食。

傳統 ê 社會觀念內底，乞食 m̄ 是 jōa 有榮光 ê thâu-lō͘，1 個普通人 beh 改途 kā 人伸手 pun 食，面底皮 bē 堪--得，乞食 tī góan hia 會 sái 講是「孤行獨市」--ê，比公賣局 koh-khah 在穩。

自我知影 tāi-chì，tī góan 附近 ê 庄頭 leh pun 食--ê 就 kan-taⁿ Un--á 1 個人，Un--á 是 i ê 名，這 chūn 推想--起來，漢字應該是「恩」，mā m̄ 知是 i ê 本名 iah 是做乞食 chiah 改 ê「藝名」，m̄-koh 1 個乞食 kā 人 pun，望人施「恩」，也感謝天公伯--á ê 恩典，hō͘ i 免趁有 thang 食穿，進 1 步來講，提供人有「施捨」ê 機會，mā 是 hō͘ 人 1 個「恩情」，會 sái 講是 1 個真適當 ê 乞食名。我 iáu m̄ 是真知 kám 真正是這字「恩」，

hit 個時代無 siáⁿ 人 bat 字，我 kan-taⁿ 知影是
「un」這個音 niâ。大部分 góan hia ê 人 lóng
kêng-thé i 是「Khong-un--á」；在來 ê 觀念，lóng
想講若無 khong，ná 會去做乞食！

　　Khiā tī 做乞食 ê 專業來講，我是眞尊重
Un--á，i ê「pun 區」是 góan 竹圍 á 庄、牛 tiâu-á
庄、過溝 á、大人(Tōa-lâng)庄 á kap 面前厝(民
靖)，涵蓋竹塘鄉(蘆竹塘)ê 民靖村 kap 二林鎭 ê
原斗里(橋 á 頭)、復興里(老窯)、東華里，pun
區 khah 闊過派出所 ê 管區。Un--á 1 枝竹篙箄
á 做枴 á、1 kha 鹹草編 ê ka-chì-á kap 1 kha 人 té
chhek-á 用--ê 亞麻袋 á，用步 lián--ê 行透透。別
位 á 有 ê 乞食 kan-taⁿ beh pun 現金 kap khah 輕、
值錢 ê 物件，庄 kha 人 beh nah 有現金 thang pun--
人？這款 pun--ê góan hia 有 1 個特別稱呼--大本
乞食。大本乞食若無去都市，tī 庄 kha 所在行
踏，beh nah pun 有食？Un--á 就眞本份，i pun
食路線固定，守 tī ka-tī ê 區，中間有橋 á 頭街 á
khah 鬧熱，i 就 làng--過無 pun。

　　Un--á 幾世代就是老窯人，乞食無 pun ka-tī

ê 庄頭，老窯庄 Un--á mā m̄-bat tī hia pun，有影是眞專業 ê 乞食，m̄-tān án-ni niâ，大部分 ê 庄 kha 人上 chē--ê 是番薯，乞食來 pun，bē hō͘ 人空手 tńg--去，若無 hō͘ i 1 管(kńg)米 mā 會 hō͘ i 1 條大條番薯。Un--á 1 chōa 路 pun--落來，ka-chì-á kap 布袋，m̄ 是米就是番薯，重 khôain-khôain，i phāin chiah-ê 物件行幾 nā 里路，m̄-bat 看過 i leh hioh-thiám，極加是 kā 人pun 1 甌滾水 lim--1 下，就 koh 行，做乞食若無 Un--á ê 體力 mā 眞 oh 賺食(chóan-chiáh)。Ún-á 無論人 pun i 番薯米，i lóng 會唱乞食調 kā 人誠懇說多謝。

　　用這時少年兄姊 ê 標準來看，Un--á 算是眞『酷』ê 人，i kui 年 thàng 天穿 ê 衫á 褲 lóng kāng 款，無論 kôan 熱，góan i--á 若看我熱--人 koh m̄ 知 thang 褪長 ńg 衫，就罵講「Ná Khong-un--á lè，m̄ 知 kôan 熱 lóng hit 身軀！」Un--á ê 衫á 褲是補了 koh 再補，各種花色 ê 布料都有，piān 若有布碎á lóng thèng 好 khioh 來補，kui 身軀 hoe-pa-lih-niau，比這 chhun ê gín-á thiau-kang kā 好好衫á 褲 ka 破 chiah 補 1 跡 1 跡無 kāng 色 ê 布

料 khah 『酷』。I phāiⁿ ê ka-chì-á 比這 chūn 時行 ê phāiⁿ-á khah phāⁿ。I koh m̄ 知 tī toh 位 khioh 著1 副烏仁 ê 目鏡，熱--人日頭猛 ê 時 khan--起來，眞是 hit 個時代 ê 烏狗兄。當紅 ê「金門王 kap 李炳輝」iáu 無 30 幾年前 ê i hiah siak！

Un--á 歌喉眞 chán，乞食調 i 唱 gah 會牽絲，頭家--ah，你有量小 pun--1 下⋯⋯，歌詞看人看所在 kap pun--i ê 物件隨時 ka-tī 編，會 sái 講是古代 ê「吟遊詩人」，詩人陳明仁先生若生 tī hit 個時代，hōan-sè 會 sái 拜 i 做師父，koh 學--幾步 á。我 bat 聽過 i ná 行 ná 唱「山頂 ê 烏狗兄」，尾--á hit 幾句「o-re-di」，i 比洪一峰 khah gâu 牽。Un--á 會愛唱這 tè 歌，我想 i 感覺 ka-tī 是 1 個烏狗兄 hiah phāⁿ，用 án-ni gī-niū ka-tī。這時我知影這 tè「山頂 ê 烏狗兄」是日本歌改台語詞--ê，這 tè 歌原本 ê 歌名是「山人氣物╲者(yama no ninkhi mono)」，意思是山頂上有人氣，上有名聲 ê 人。Hit 時 Un--á tī góan hit khơ 圍 á 人氣一流，正正是 góan hia 人氣發燒 ê 人物無 m̄ tiȯh，我 giâu 疑 Un--á 是 hit 時 1 個隱

遁 tī 庄 kha ê 智識人、智慧人物。

Hit 時 góan 附近幾庄頭有 1 個上心適 ê 問題，無人有才 tiāu 回答，就是講「乞食 Un--á 有幾個 gín-á？」Un--á 有娶 bó͘ iah 無，我 m̄-bat 聽人講--過，照講若有乞食婆，應該有時 mā 會 tòe 乞食公出來 pun。Un--á 都 m̄ 知有 bó͘ iah 無，nah 會有這款問題？台灣人真信命，算命先--ê 講--ê 無人敢 m̄ 信，gín-á tú 出世就先 chhōe 人看命，若命底 khah pháiⁿ--ê 有幾種排解 ê 法tō͘，有 ê 會 kā gín-á 號 1 個 khah pháiⁿ 聽 ê 偏名，親像狗屎、羊母這款--ê；Koh 有命帶 ka 刀 pêng 鐵掃帚--ê，驚會剋著 sī 大人，就教 gín-á 叫老 pē「a 丈、a 叔、a 伯」，叫老母「a 姨、a 姑、a 妗」，直系親變做親 chiâⁿ；另外就是認 pháiⁿ 命人做 pē，做 pháiⁿ 命人 ê 後生、cha-bó͘-kiáⁿ。Un--á 是孤行獨市 ê 乞食，民間公認 ê pháiⁿ 命人，ta̍k 庄頭 lóng 有人認 i 做 pē，kan-taⁿ góan 庄--nih 就有 10 外個 gín-á 叫 i「a-pa」。我國民學校 ê 同學 bat 講起--過，kan-taⁿ góan kāng 班--ê 就有幾 nā 個認 Un--á 做老 pē--ê。

　　Góan hia 有 1 句地方性 ê 俗語，若 phì-siùⁿ
人命底實在有夠 pháiⁿ，就講「認 Khong-un--á
做老 pē mā 無解。」這句話就 thang 知影 Un--á
tī góan 庄--nih ê「權威性」。

　　起先，Un--á 有 1 個原則，piān 若 tñg 著認
i 做 pē ê 人家，i 就 làng--過無入去 pun；這頭
ê 親家(chhin-ke)、親姆(chhiⁿ-ḿ)á 知影 Un--á 為顧
gín-á ê 面子，三不五時也會 chhōa gín-á 送 kóa 番
薯、米去探這個契 pē，過年過節 lóng 會 chhôan
kóa 禮數去 kā 問安。尾--á，gín-á 1 下 chē，記
bōe tiâu，giōng-beh ták 口灶都 beh 有 i ê sī 細，
眞費氣，聽講 i bat chah 1 節粉筆，若 tñg 著契
kiáⁿ ê 厝，就做 1 個記號，khah 好認。眞緊就亂
--去，有 ê 記號是 hō͘ 雨水 lâm 無--去，有 ê 是
gín-á káu-kòai kā i hú 掉，mā 有親家、親姆為 beh
hō͘ i 入來 pun，專工 kā hú 掉。Un--á 到尾就無論
siáⁿ 人 in tau，lóng 踏入去 pun，親家 á mā 省 koh
年 á 節 á 專工走 1 chōa 老窯去送禮。

　　我 m̄ 是 Un--á ê 契 kiáⁿ，有 1 kái，我飼牛、
炕窯 ê gín-á 伴「猴松」beh 去老窯 Un--á in tau

送禮，招我 kap i 做伴。我是眞好玄 ê gín-á，chiok 興聽 Un--á 唱歌，mā 眞想 beh 知影 in tau siáⁿ 款，就 kap i tàu-tīn 去。I tòa tī 塜 á 埔邊 1 間 kē 厝á，m̄ 是塗 kat 壁--ê，是竹管 á 抹牛屎塗 ê 壁，厝頂 khàm 稻草，壁頂有發草 kap 藤 á。厝 kha koh 發幾 bô 菅蓁 á，吐芒白白，tiāⁿ-tiāⁿ 有竹虎 á、tō-tēng 爬--過。

Un--á 無 siáⁿ bat 猴松，問 i 是 siáng ê kiáⁿ，猴松起愛笑，講 i 就是 Un--á ê kiáⁿ m̄-chiah 會來送禮。Un--á cha-bó͘ kiáⁿ 後生 siuⁿ chē，bat 也 bat bē 齊勻，想講需要寫 1 本簿 á kā 記--起來，m̄-koh i m̄ bat 字。猴松講我 tī 學校考試 lóng 第一名，眞 bat 字，會 sái 叫我替 i 寫字。尾--á，i chiâⁿ 實央我整理 1 份契 kiáⁿ kap cha-bó͘ kiáⁿ ê 名錄，若有知影音 m̄ 知漢字--ê，i 叫我 chhìn-chhái 用 1 字音 khah kāng--ê 就好。我替 i 做這項 khang-khòe，工價是 2 kho͘，he 是我自出世到 taⁿ 頭 1 個 thâu-lō͘。出社會了後，有機會去引 thâu-lō͘，公司 lóng 會問我工作經驗，頭 1 項工作是做 siáⁿ-mih。講實--ê，我應該應講是「做乞食 ê

秘書」，m̄-koh 我實在講 bē 出嘴。

　　人講「Chē kiáⁿ 餓死 pē」，Un--á kiáⁿ 上chē，i kut-la̍t pun，無 óa 靠 sī 細 ê 養飼，都也餓bē 死，koh i 各庄頭 liù-liù 去，愈行就愈出名，變做庄頭 ê 人氣物，hit 時 i 若會 hiáu 出來 kap人選舉，眞少人選 i 會贏 chiah tio̍h。

樂--á ê 音樂生涯

朋友 ê 老母過身，去參加告別式，有 chhiaⁿ 西樂隊，隊員 m̄ 是中年人就是老歲 á 人，khóng ê 制服 mā 穿gah 變 phú--去，奏樂 ê 時，ták-ê 無 lám 無 ne，ná 像有聲無調，想起我細漢頭 pái 去看西樂隊 ê 情形。

Kāng 款是 khóng ê 制服，比天 koh khah 深色，ut gah 線條直直，小吹 tī 日頭下會閃光，樂--á 滿足 ê 表情 hō͘ kui 樂隊 mā tòe leh 精神飽 tīⁿ，ták-ê 排陣勢 ná 行 ná 奏樂。

樂--á ê 人生 tú 起頭並無親像 i ê 名 án-ni hiah 快樂，問題是出 tī i 無應該出世作 sit 人家庭。I 有音樂上 ê 恩賜，khiā tī pha 荒 ê 年代來講，音樂、藝術 lóng 雖 bóng bē-tàng 做生活上 ê 利用，m̄-koh iáu 是有去傷解鬱 ê 功能，作田人 tī khah 無 hiah kiap ê beh 暗 á 時，聚集 tī 廟庭 iah 樹 á kha，挨弦 á 唸歌，有時也會配合節祭 ngiú

車鼓、牛犁á調、走聖馬、行旱船，跳舞做 gī-niū，音樂上無 hiah chē 樂器 thang 利用，上普通--ê 就是弦 á，大管弦、五線弦，無音樂老師 ê 指導，老--ê 教少年--ê、大人教 gín-á，án-ni 世代相傳。樂--á 自做 gín-á 起就愛 tī 樹 á kha 聽人挨弦 á 奏曲，到 i 讀國民學校 ê 時 chūn，就 kā khah 捷演奏 ê 曲調每 1 個音記 tiâu-tiâu，庄--nih 上 gâu 挨弦 á ê A-khín-á 伯開始教 i 音律，在來 in 教曲 lóng 用傳統 ê 五音調 á，就是 ú liû chhiàng kong chhē 代替 do re mi so ra，庄--nih ê 挨弦 á 班有 8 個人，kan-taⁿ 樂--á 1 個 gín-á niâ。

　弦 á ê 變化無 chē，m̄ 是 Piano iah 是 Violin án-ni 會 tàng 有真 chē 調 ê 切換，無 jōa 久，樂--á 就 kā 弦 á 所有 ê 技巧 lóng 學 gah 真熟，樂--á leh 挨弦 á 會吸引真 chē 聽眾，小調 hō͘ i 奏--落，會 hō͘ 人目屎流目屎滴，有 1 pái，隔壁庄 ê 乞食恩--á tùi 樹 á kha 過，樂--á 看--著，隨換挨恩--á 愛唱 ê 乞食調，恩--á mā 放聲唱，2 個人 tī 樹 á kha 配合 beh 1 點鐘，恩--á ê 乞食調歌詞是照 i ê 心適興臨時編--ê，tī 邊--á 聽 ê 人講自頭到尾

lóng 無 1 段歌詞有重複 iah 是 têng-tâ{n}--ê，這時，唱乞食調 m̄ 是恩--á ê 飯碗，是 i 生活 ê 趣味，1 個老--ê kap 1 個 chín-á kā kui 庄弄 gah 眞活跳。

　　過無幾工，恩--á koh 來，soah 無 phái{n} pun 食 ê ka-chì-á，kan-ta{n} moh 1 個手風琴，講是 1 khah 少年 ê 時 tī 外地趁食 ê 樂器，到這時，庄內人 chiah 知影恩--á m̄ 是 1 世人 lóng leh 做乞食--ê，i bat tī 都市走過 nagasi (流し)，尾--á hō͘ 人引去 beh 做流行歌者，灌過曲盤，聽講有感情上 ê 傷害，chiah kui-khì tńg 來庄 kha 隱姓埋名做乞食。手風琴 kap 弦á 上大 ê 無 kāng 是七音階--ê，恩--á 開始教樂--á 眞正 ê 樂理，kā 樂--á 改名，講這字「樂」會 sái 勾破音讀做「gak」，就是音樂 ê 樂，以後樂--á tī 音樂上 ê 名是「理樂」，理解音樂 ê 意思。無人想會到 1 個庄 kha 乞食有 hiah 大 ê 學問，莫怪 i 是附近庄頭 ê 人氣者，眞正有來歷。這 pái lán beh 講--ê 是樂--á，這時應該講「理樂」ê 故事，關係恩--á ê tāi-chì lán 就暫時 mài 講。

　　樂--á in 老 pē 對這個叫做理樂 ê 後生眞無歡

喜，讀國民學校 hō i ná leh 變 gín-á sńg 是 iáu 無 siáⁿ 要緊，nah 知學校 ê 先生mā o-ló 這個音樂天才，kā i 鼓勵繼續修音樂，koh 建議 i 去考音樂 khah 專門 ê 初中。聽講學費貴 gah 驚--死人，庄 kha 欠勞力 ê 時代，che beh nah 有可能？連農校都無 hō i 去讀，kā i 留 tī 厝作 sit。理樂 mā 眞奇怪，讀冊 koh 眞 han-bān，老師講「1 支草 1 點露，1 人有 1 人 ê phiat 步」，i hiah-nī 複雜 ê 樂理記會 tiâu，有關別項功課就 lóng bē-hiáu，連基本 ê『九九乘法』都 tiāⁿ-tiāⁿ hut m̄ tiòh--去。這款成績 beh 考 siáⁿ-mih 學校 mā 考 bē tiâu，若眞正親像人 gâu 讀冊 ê gín-á án-ni，i 做老 pē--ê kám 講 bē 拚性命 kā i 栽培？栽培狀元是有--lah，nah 有人栽培 pûn 鼓吹--ê？

　　離 góan 庄行路 1 公里 ê 街--nih 叫做「橋 á 頭」，hia 有 1 間教會，就是現此時叫做「原斗長老教會」--ê，爲著聖詩 ê 需要，有重視音樂，bat 有人聽講「理樂 ê 音樂天份」，牧師 bat 來拜訪樂--á in sī 大人，m̄-koh 聽講「落教死無人哭」，in 老 pē kā 牧師趕--出去，講 i 妖

言，beh 來害樂--á 背祖。教會有眞 chē 會 hiáu
彈琴--ê kap 各種器樂--á，tī 庄 kha 也無實際 ê
利用，尾--á soah ka-tī 組 1 個西樂團，本底牧師
是無反對，nah 知這個西樂團也無人 beh chhiàⁿ
in 去表演，soah 改做西樂隊，專門 bàuh 民間
出山奏樂 ê khang-khòe，就是通俗所講 ê「si so
mi」，che kap 基督 ê 信仰無合，落教--ê 人過
身有 in siàu 念 ê 儀式，kap 民間慣勢無 siáⁿ 相
kāng。講 bóng 講，che 是關係生活利益，牧師
就假 m̄ 知。

　　這個西樂隊本底叫做「福音樂團」，尾--á
爲著生理上 ê 考慮，改名「西天西樂隊」，就
是講若 chhiàⁿ in 來送 chiūⁿ 山頭，1 路送到西天
去。In 有 20 外個團員，cha-bó͘ gín-á 比 cha-po͘-ê
khah chē，在來 cha-po͘--ê ài 作 sit，khah 無 êng 工
thang 做音樂上 ê 練習，mā 有人講是 cha-bó--ê
khah 有音樂上 ê 恩賜，這款講法 kiám-chhái mā
有理論上 ê 根據。樂隊 ê 指揮是 1 個美麗 ê 姑娘
á，身材 súi，kha lò 手長，穿西樂隊 ê 制服 giàh
指揮棒 khiā tī 隊伍 ê 頭前，眞好看，樂--á 會去

參加西樂隊，beh 講 i 生本就愛 sńg 樂器當然會
sái，若講是 sahⁿ 著 hit 個指揮 ê 風采應該 mā 無
siáⁿ m̄ tioh。

　　樂--á tī 厝--nih tàu 作 sit 一直到 18 歲，kan-
taⁿ 收冬了去廟庭 kap 人挨弦 á 做 gī-niû，hit
chūn in 師父恩--á 無 leh pun 食--á，kā 手風琴送
--i，m̄-koh 手風琴 kap 別人挨弦 á bē 合，i 罕
得 theh 出來 sńg，iáu 是挨弦 á khah 簡單。音樂
上無 siáⁿ-mih 進展，有 1 pái，i 去街--nih 糴秄籽
á，經過 beh 去大崙 ê 路頭，tú 著人出山，隊
伍 ná 進行 ná 奏西樂，有大吹、小吹、Oboe、
Flute……，各種眞好聽 ê 器樂，理樂 ê 身份 koh
tńg 來 leh 叫--i，i tòe 隊伍後壁，kap 往生者也無
親無 chiâⁿ mā 送人 chiūⁿ 山頭 koh tńg--來，tòe 去
到西樂隊 ê 街--nih，人樂隊團員錢領了，解散
--a，i iáu tòe tī 指揮 ê kha-chhng 後，在來，若一
般 ê cha-bó͘ gín-á 會講這個青 á 叢 m̄ 知是 toh 位 ê
痴哥神，指揮是教會詩班 ê 姊妹，也無嫌 i 莽
懂，顚倒斟酌 kā i 請安，問 i 有 siáⁿ 指教。

　　理樂對各種樂器 lóng 眞好玄，i khah 早讀

樂理知影 siáⁿ-mih 管樂器 kap 弦樂器，m̄-koh lóng m̄-bat 奏--過，指揮就 kā i 一一說明西樂器有 siáⁿ 物件，in 團--nih 有--ê 並無齊全，若 beh 學，會 sái tī ta̍k 禮拜日 e-po͘ 時 á kap 2、4、5 ê 暗時頭 á 來 in chia 練。Hit 個指揮叫做「慕音」，i koh 講 in a 公是教會 ê 長老，kā i 號這個名是「欣慕福音」，m̄ 是「欣慕音樂」，樂--á mā 介紹 ka-tī 講叫做「樂--á」，m̄-koh in 乞食師父 kā i 改做「理樂」。慕音講 i kap 理樂名 koh 眞合，kiám-chhái 會 tàng 做好朋友。教會 ê 青年 khah 無世俗人 hiah pì-sù，án-ni 講也無感覺有 siáⁿ 男女上 ê 意涵 iah 是 pháiⁿ-sè，tú 好理樂這個音樂 siáu，對世事 iáu 眞單純，也無別款聯想，kan-taⁿ 歡喜 i 音樂上 ê 愛好 koh 活--起來 a。

　　頭起先 in 老 pē 是嚴格反對，講「做戲、剃頭、pûn 鼓吹」是民間 3 大賤業，做這款 thâu-lō͘ 會 hō͘ 祖先失 khùi，樂--á kā i 講這時做戲--ê 變做明星上 chhiaⁿ-iāⁿ，剃頭--ê 有專長，都市 ê 剃頭店變做眞 súi ê「觀光理髮廳」，i mā 聽人講--ê，論眞，i mā m̄ 知觀光理髮廳是 leh chhòng

siáⁿ--ê；當然 pûn 鼓吹 mā 是變樂師，有眞好 ê
社會地位。講 che lóng 無效，樂--á 講 i beh 去練
樂器， bē 影響著 i 作 sit，若 m̄ hō͘ i 去，i mā beh
去，到這款地步，a-pa 就 m̄ 敢 koh siuⁿ 堅持，
無贊成也無鼓勵。

　　理樂經過練習 kap 試驗了後，i 上 kah-ì
pûn 小吹，tú 好慕音 ka-tī 就有，先借 i 用，講
若趁有錢，叫 i 先儉，到有 1 個額，chiah 去買
1 支新--ê，團員對理樂音樂上 ê 天份 lóng 眞欽
服，想 bē 到庄 kha 也有這款 chiah 有恩賜--ê，
學 siáⁿ-mih 樂器 lóng 眞緊就會 hiáu，感覺 i 無去
讀音樂專門學校實在是 phah 損人才，這 chūn
都也失時--á，tī 西樂隊 mā 算有 1 個 lō͘ 用。I 練
無 2 個月，就會 hiáu 1 kóa 出山需要演奏 ê 曲，
正式成做「西天西樂隊」ê 團員，出團 ê 時，
1 kái 分著 100 kho͘，當時作 sit so 草 ê 工價是 1 工
30 kho͘，算眞好 khang，樂--á in a-pa 就無 koh 反
對。

　　有 1 pái，góan 庄--nih 開里民大會，在來
lóng tī 橋 á 頭開--ê，講開會是 hau-siâu--ê，目的

是 hō 里民 1 個康樂欣賞，這 pái 是慕音去 kā 里
長伯--á 建議，講樂隊 beh 做免費表演，專工演
hō góan 庄--nih ê 人看，góan hia 廟庭 mā 會有表
演，廟--nih 謝神做平安戲 chiah 有，lóng 是歌 á
戲 kap 布袋戲，無這款音樂演奏 ê 節目--過。大
會 kan-taⁿ 里長伯--á 講幾句 á 話，koh 來就是音
樂欣賞，在地橋 á 頭上出名 ê「西天西樂隊」
表演台灣民謠 kap 西方名曲，這個西方 m̄ 是西
天，是西洋 ê 意思，這 pái 是有專門目的--ê，hō
理樂眞 chē Adlib ê 機會，i 有時 pûn 小吹，有時
挨 Violin，有時 pûn Saxhorn，hō i solo--ê 也有，
koh 有 1 個姊妹 kā i 用 Flute 伴奏，也引起眞 chē
注目。

　　暗會過 1 禮拜，就有人來 kā 樂--á in a-pa 講
beh 做親 chiâⁿ，in 後生 kap 1 個年歲相當 ê 教會
姊妹 leh 戀愛，就是 hit 暝 pûn Flute hit 個，本
底是好 tāi-chì，m̄-koh 女方堅持婚禮 ài 用教會
儀式，當然 in 老 pē m̄ 肯，尾--á，樂--á 講若無
答應，i kui-khì 去落教順續 hō 對方招，in 老 pē
chiah 落軟答應，先訂婚，等樂--á 退伍 tńg--來

chiah 娶入門。

了後，理樂就搬離開 góan 庄，無作 sit，專門開 1 間音樂教室，變做眞正 ê 音樂人士--a。

Siáu 德--á liảh 牛

我上興食 ê 料理是蚵 á、sasimi (刺身) kap 牛排，góan 故鄉鹿港、二林、芳苑沿海一直到雲林縣 ê 麥寮、台西、四湖、口湖，是台灣產蚵 á 上好 ê 海域，chia ê 蚵 á 肥，m̄-koh m̄ 是親像米國--ê hiah 大 mih，實在是全世界罕有 ê 好食物。我 m̄ 是 beh 講關係蚵 á ê tāi-chì，góan kui 家夥 á lóng 愛食蚵 á，che 無 siáⁿ thang 講，góan i--á 無贊成我食 sasimi kap 牛排。

Sasimi 是魚 á 生食，góan a-i 講 bē 輸生番--leh，驚食了 phah pháiⁿ 身體，che 我會 tàng 理解，講著牛排，就眞費氣，作 sit 人 kap 牛 ê 關係，m̄ 是 3、2 句話講會清楚--ê，我講 Siáu 德--á liảh 牛 ê tāi-chì hō͘ lín 知，就會 tàng 理解作 sit 人到 taⁿ iáu 堅持無 beh 食牛肉 ê 心情。

德--á in tau 有 chiâⁿ 甲地，7 兄弟 á 守這 tè-á 土地算有 khah 艱苦，講--來德--á in 是世代 tòa

chia ê 人，nah 會土地比人 khah 少？聽講 in a 太
ê 時代，in 莊--家 ê 土地是附近上大遍--ê，了後
1 代 koh 1 代，男丁 siuⁿ 旺，一直分家伙，in a
祖是 5 兄弟，1 人得 5 分 1，in a 公 koh 6 兄弟，
chhun 分 6 分 1，德--á 有 1 個 a 伯 4 個 a 叔，án-
ni in a-pa mā 是 chhun 6 分 1 ê 財產 thang 分 niâ，
算數 khah 好--ê 會 sái tàu 算--1 下，5 分 1 koh 6 分
1 koh 6 分1，德--á in a-pa 得 ê 財產是祖太 ê 180 分
之 1，免講 mā 1 tè-á niâ。

　　7 兄弟 á 作甲外地，日子 beh án-chóaⁿ 過？
Koh 講，liỏh-liỏh--á 就 lóng 會 tàng 娶 bó--a，緊
早慢 mā ài 分開食，án-ni，1 個人 mā chiah 分無
2 分地，che 是德--á in 老 pē 上煩惱 ê tāi-chì。
德--á 做大 kiáⁿ ê 人，ài 比小弟 á 擔 khah chē 責
任，自少年時代起，就立志 beh hak 土地，有
工就趁，會 sái 講做 gah 無暝無日，庄--nih ê 人
m̄-chiah kha-chhng 後叫 i Siáu 德--á，che m̄ 是完
全 leh kêng-thé、phì-siùⁿ--i，有 o-ló ê 意思在內。

　　德--á 13 歲起就落田，駛、犁、pháng、拖
lōa-tâng、phah lảk-tảk、hōaⁿ 手耙，tảk 項 lóng

會。Che m̄ 是人 gâu，是牛 leh 拖 leh 犁，德--á ka-tī 作 m̄-chiaⁿ sit niâ，大部分 ê 時間 lóng 去引 sit-thâu，趁工。會 sái 講自做 gín-á 會 hiáu 飼牛起，德--á kap in tau hit 隻牛就 ná hō͘ 運命 ê 索 á 縛做 1 夥，1 工 24 點鐘纏 ân-ân。

Nah 會講 24 點鐘？土地少 ê 人厝 mā tòa 細間，人睏 khah e̍h--leh 無要緊，hit 隻牛 khah án-chóaⁿ mā tio̍h 1 間牛寮(tiâu)，德--á 為著惜 hit 隻牛，kā 牛寮抌 gah chiok 清氣，放尿放屎隨就 kā 清，án-ni khah 無 báng 蟲。Hit 時，tú 戰後，日子無 siáⁿ 平順，有人出來做賊，都市就剪紐 á 偷錢銀，庄 kha 無 siáⁿ 值錢--ê，偷 lia̍h 雞 lia̍h 鴨是 sù 常--ê，偷牽牛算大賊賈(kó)，這款賊 á 牛 m̄ 敢牽去牛墟 hoah 價，有--是 thâi-thâi 剖剖--leh 做肉牛賣。Hit 時 hán 講隔壁庄有人 phàng 見牛，德--á m̄ 敢睏，tī 牛寮顧 kui 暝，尾--á kui-khì tī hia ne báng 罩，chhu 草蓆 á 睏。

德--á 顧牛比人 leh 顧 bó͘ khah 體貼、溫柔，牛驚熱，德--á kā chhiâng 水 ná 像洗身軀 án-ni，出門 mā lóng chah 1 支長 hia 管，溝 á 邊隨時 iúⁿ

水 kā 淋。若有比賽「清氣牛」，ná 這時 ê『清潔寶寶』án-ni，A 德--á hit 隻牛的確會入選。Siáu 德--á 食到 20 外 iáu 未娶，牛比 bó khah 重要。

這個時代有『口蹄疫』，hit 時 mā 有 cheng 牲 á leh tiòh 災(che)，精差無這款詞 niâ，德--á hit 隻寶貝牛 soah 去 òe --著，bē 食 bē 睏，四肢無力，chhiàⁿ 獸醫來注射 mā 無 siáⁿ 行氣(kiâⁿ-khì)，人 tòe 牛 leh bē 食 bē 睏，比牛 khah 食力，Siáu 德--á kui 個人 sán 枝落葉，連 in 6 個小弟 kap 3 個小妹都 leh 為 i 操煩牽掛。醫學 ê 物件 m̄ 是作 sit 人所會 tàng 理解--ê，注射、灌藥 á，暝日 án-ni 照顧，iáu 是無法 tō 解救 hit 隻牛 ê 性命。

死牛 beh hō͘ 人車去燒掉 hit chái 起，德--á 1 個人坐 tī 溝 á 邊，看溝 á 水 收收 á 流，風 1 陣 1 陣 ùi 竹 á 尾搖--落來，kā 溝 á 底 ê 雲影 kap khóng ê 天 so gah 1 lēng 1 lēng，chia 是 i tảk 工牽牛來 gō 浴 ê 所在，i 放聲 háu，bē 輸死 pē 死母 hit 款 háu 聲，kā thàu 早 ê 田園罩 1 iân 哀愁 ê 濛霧。

　　過幾工，有人報講竹圍á有牛beh賣--人，叫A德--á去相牛。Hit口灶是落教--ê，講有幾nā戶做夥beh移民搬去巴西開墾，去hia mā tiòh牛，m̄-koh坐船á講ài幾個月chiah會到，牛bē tàng買船票。Lóng總有6戶，ta̍k戶lóng有1隻牛，有2隻已經允--人a。4隻lóng看--起來勇勇，出價koh眞公道，庄--nih kap i tàu-tīn去ê人，lóng鼓舞A德--á hak 1隻起--來，A德--á 4戶走來走去，ta̍k隻牛相了koh相，1工bē tàng做決定，翻tńg工koh去看，人講娶bó͘對看mā無相hiah工夫。

　　過1禮拜，A德--á iáu未決心，3隻都也hō͘人買--去a，chhun 1隻niâ，i也無siáⁿ thang揀，主人家是眞忠厚ê人，講A德--á若錢khah缺，會tàng koh減，i有聽人講A德--á惜牛出名--ê，kā牛賣hō͘--i，主人家眞放心，這隻牛m̄是有siáⁿ khiap-sì無人beh買，是主人m̄甘chhìn-chhái賣，爲beh報答i對che家庭ê貢獻，甘願siók賣hō͘疼牛ná疼bó͘-kiáⁿ ê A德。

　　厝邊lóng勸A德 kā買--落來，去牛墟是

liàh

無 chiah-nī siòk koh 勇--ê，牛就是牛，勇勇--á 會堪得駛就好。A 德--á soah 起 gōng 神，i 講1 隻牛是 beh 做夥 1 世人--ê，nah 會 sái chhìn-chhái liàh--1 隻，koh 講，i 想 beh chhōe ná 像 i 過身 hit 隻 kāng 款--ê chiah beh 買。通常「過身」是用 tī 人--ê，A 德--á kā i ê 牛死--去講是「過身」，就知影牛 tī i 心內占 siáⁿ 款 ê 地位。

過 1 個月，A 德--á iáu 是無牛 thang 駛，作 sit 伴 lóng 笑 i siuⁿ 直，牛是 beh 用來 kā 人 tàu 做 khang-khòe--ê，A 德--á soah leh kap 牛 pòah 感情，親像人死 bó͘ 3 年內 m̄ 敢 beh 娶新娘 kāng 款，1 樣草飼百款牛，beh nah 有 kap i 原先 hit 隻 kāng 款 ê 牛。附近寶斗，khah 落南 ê 北港，lóng 有大牛市，就是人稱做是「牛墟」--ê，A 德 lóng 去 chhōe--過，就是揀無 1 隻投 i 意--ê。Beh 用牛 ê 時，先 kā 厝邊撥--1 po͘-á，貼人 kóa 草料錢。

德--á in 老 pē 問 i 講：「Hit 隻牛若勇勇，lán 就 kā liàh--tńg 來，橫直是 1 隻牛 niâ，thài tiȯh

考慮 hiah 久，無牛是 beh án-chóaⁿ 作 sit，你 kan-
taⁿ 這 chām-á 無去引 khang-khòe 就了 jōa chē 去
--a？」

　　德--á 應講：「牛有牛性，kan-taⁿ 勇，若
m̄ 知性，i bē 聽 lán 教。人會 tàng 用講話相知影
性，牛 kap lán 無話講，beh 知性 khah oh，hō 我
加看--幾隻 a，無差 hit 幾工。我 m̄ 是嫌貴，是
驚 liảh 著 pháiⁿ 性地 ê 牛，he 就眞費氣！」

　　有 1 個禮拜日，beh 晝，竹圍 á 人 kui 家牽
hit 隻牛來，講是 beh 送 hō 德--á，主人講 hit chái
起去做禮拜，有 kā 牛 ê tāi-chì 講 hō 教會 ê 牧師
kap 會友聽，hit 隻 tī in tau 1 世牛，kap kui 家夥
á lóng chiok 親近，in kā 牛當做家庭 ê 1 份子，
bē tàng chhōa i 去巴西都 leh 艱苦心--a，beh kā 賣
掉，萬不一若 tú 著 ok 主人，驚會剝虧著 hit 隻
牛。全教會 ê 人 lóng 知影 A 德惜牛，i 駛牛 ê
時，手--nih mā 會 thẻh 籐條，m̄-koh 無人看過 i
kā hit 隻牛 sut--過。雖 bóng 1 隻牛會 sái 賣不止 á
chē 錢，總--是，khah chē 錢 mā 無人 leh 賣 bó 賣
kiáⁿ，hit 隻牛對 in 來講，就 ná 像這款--ê。

庄 kha 人眞 tiau 直，無緣無故人 1 隻牛beh
hō--in，收 ê 人心內 bē 得過，過 3工，A 德--á
chhiàⁿ 1 齣大戲去竹圍 á 庄 poaⁿ，講是 beh 送別
離鄉去遠遠 m̄ 知 toh 位巴西 ê 6 戶人，tàk-ê lóng
知 i 是得人 1 隻牛 bē 過心，專工答謝--人ê。戲
棚 kha ê 大樹邊，A 德--á 牽 hit 隻牛 tī hia，台 á
頂鑼鼓八音 lòng-lòng 叫，A 德--á 一直 leh kap 牛
講話，講 siáⁿ mā kan-taⁿ i 知 niâ。主人ê gín-á tī
邊--á mā 無掛看戲，看牛 kap A 德--á leh 互相熟
sāi，相爭 beh 飼蔗尾 hō 牛食，到 beh 暗 á 時，
A 德--á beh 牽牛 tńg--去，雙方面 lóng 流目屎，
有人講 mā 有看著 hit 隻牛 mā leh 流目屎。主人
kui 家 tī 門口庭目 chiu 金金看 A 德--á kap 牛ê身
影，西 pêng 紅紅 ê 日頭光 kā in ê 影 giú gah 眞長
眞遠。

　　Hit 隻牛 liàh--來了後，A 德--á kāng 款 án-ni
犁 án-ni 駛，mā m̄-bat kā phah，m̄-koh，感覺無
親像 khah 早 hit 隻 hiah 親近，人做夥都會有感
情上 ê 無 kâng，對牛，免講 mā 會有無 kâng ê
感情差異。上少，A 德--á 就無 tī 牛寮睏--a，因

爲 i beh 娶 bó͘--a。

A 德--á 25 歲 chiah 娶 bó͘，hm̂ 人婆--á 來報親 chiâⁿ，講是過溝 á 人，離 in 庄無 jōa 遠，叫 A 德有 êng 去偷相--1 下，iah 是約時間對看--1 下。A 德去看 1 pái，koh 是遠遠看 cha-bó͘ gín-á ê 1 個形 á niâ，就講：

「人若無相棄嫌就好--a！」

Hm̂ 人婆--á 原本想講這 kho͘ liàh 1 隻牛 ài 想 hiah 久，娶 1 個 bó͘ m̄ tiòh-ài 相 kui 年，nah 知 tāi-chì 變 hiah 簡單，趁這個紅包禮 koh 眞輕 khó，嘴笑目笑 kā 人講：

「Aih--ioh，A 德--á liàh 牛比娶 bó͘ khah 頂眞，莫怪人叫 i Siáu 德--á！」

親像這款 ê tāi-chì，tī hit 款 pha 荒 ê 年代應該 m̄ 是 jōa 稀罕--ê，講--來，góan 厝--nih ê 頂 1 輩 lóng iáu 無愛食牛肉，就會 tàng 理解--a。

純情王寶釧

　　自電視台開始 poaⁿ 歌 á 戲了後，感覺氣味 bē 合，he 是爲適合鏡頭安排 ê 表演，kap 觀眾隔眞遠，無臨場 ê 互動關係，mā 無 Adlib(adolibu)演出 ê 趣味，自 án-ni bē 愛看。有 1 pái tńg 去故鄉，去廟--nih chhōe 看人行棋 ê a-pa，廟庭有搭台 á leh poaⁿ 大戲，闊闊 ê 庭斗 soah 無 gah 1 個觀眾，離 chiok 遠 ê 庭 á 邊大樹 kha 有眞 chē 老人 tī hia 行棋、pòah lŏ ô-á kap 棋子自摸，無人對戲有趣味。做戲--ê 本底 mā poaⁿ gah beh 死 nā-hāiⁿ，看著我 khû tī 庭中央 leh 看了後，ká-ná hiông-hiông 睏醒--來，加眞頂眞 leh poaⁿ。

　　歌 á 戲會 ùi tng 興到這時 ê sui-bái，lóng 是觀眾 ê 關係，kan-taⁿ 觀眾會 tàng 決定歌 á 戲 ê 起倒。Góan 庄--nih 有 1 個 A 霞--á，i khah 早就是做歌 á 戲--ê，i 會 tòa góan 庄，有眞心適 ê 故

事。

　　A 霞是海口人，我會記得頭 pái 來 góan 庄
--nih，是 poaⁿ 苦命王寶釧，hit 齣戲台灣大細漢
lóng 知影，王寶釧苦守寒窯 18 冬，是苦齣--ê。
1 個青春年華 ê 少女 tī 經濟環境眞 bái ê 庄 kha，
等夫君 18 年，食 m̄-chiaⁿ 食、穿 m̄-chiaⁿ 穿，以
軍功封侯做將 tńg--來 ê 薛平貴 kám koh 看 i 有
chiūⁿ 目？A 霞 kā 這個角色 poaⁿ gah 入骨，觀眾
tòe i 哭，tòe i haiⁿ，這時，戲台頂貼出紅紙，講
「感謝莊書文先生賞金 80」，台 á kha 庄--nih ê
人看 1 下嘴舌 thó͘-thó͘，hit chūn cha-bó͘ 人去 kā 人
so 草，1 工 mā chiah 10 kho͘ gûn niâ，莫怪莊--先
生是 góan 庄第一 ê 好 giảh 人。

　　He 是庄--nih ê 廟 á 犒軍(khò-kun)，專工去
chhiàⁿ 1 棚大戲，hit chūn 都市 tng leh siáu 台語電
影，1 年內連續演 3 集「薛平貴與王寶釧」，
是麥寮拱樂社歌 á 戲團 ê 團長陳澄三 chhiàⁿ 何
基明導演 ê 歌 á 戲電影，台北大觀戲院 ê 玻
璃窗 á 門 hō͘ 熱情 ê 觀眾 kheh-kheh 破，有夠轟
動。庄 kha 無戲園，看 bē 著電影，m̄-koh 麥寮

海口離 góan chia 無 kài 遠，khah 早 bat chhiàⁿ 來
做--過，廟 ê 主持去 chih 接了後，講拱樂社這
chūn tng 紅，無 beh koh 再接廟戲。無魚，蝦 mā
好，庄--nih 就講看 toh 1 團有 leh poaⁿ 這齣「薛
平貴與王寶釧」，就 chhiàⁿ toh 1 團。Mā 有老 1
輩--ê 堅持講應該是「王寶釧 kap 石平貴」，m̄
是薛平貴，到底是姓薛 iah 姓石，橫直，平貴
--á 也 m̄ 是 góan 庄--nih ê 人，諍也諍無 1 個確實
ê 結果，che lán 就 mài 講。經過探聽，知影「眞
秀園」ê 苦旦何明霞妝做王寶釧無輸演電影齣
拱樂社 ê 苦旦吳碧玉，就落訂金先註文稿軍連
續 2 工 ê 戲文。

　　Hit chūn 是 1956 年尾，我 iáu 是 lán-lâng 3 歲
gín-á niâ，m̄ bat tāi-chì，lóng 是尾--á 庄--nih ê A 財
講 hō͘ 我聽--ê；A 財自細漢就來莊--先生 in tau，
in pē 母 sàn-chiah，kā i 賣 hō͘ 莊--家做長工，ùi
10 歲起 ài 做到 25 歲 chiah 有 thang 自由；莊--家
ùi 頂 1 輩起就有讀冊，田園 chē，tòa 大厝宅，
會 sái 講是地方 ê 頭人，莊書文是這代 ê 主人，
A 財 tú 來 ê 時，khah 粗重 ê khang-khòe 做無，

就 ná 像古早專門陪少爺 ê 奴才--leh，陪大 i 5 歲 ê 莊書文讀書、chhit-thô，到書文 in 老 pē kā 莊 --家 ê 產業交 hō 這個後生接管 ê 時 chūn，A 財都也 22 歲，做眞久 7、8 年 ê 粗工--a，雖 bóng 是長工，kap 頭家 ê 感情算 chiâⁿ 好，A 財 15 歲 hit 年，頭家娶 bó，到 i 18 歲，頭家就想 beh 替 i hak 1 個新婦，hō i 管外口，in bó 款厝內，án-ni，看 A 財會 1 世人留 tī chia--bē？莊--家對 A 財算眞有交重。Nah 知這個 A 財，明明是長工奴才 á 命，m̄-koh 大心肝，乞食身皇帝嘴，歪嘴雞 koh 想 beh 揀好米啄，人報 i 幾個姑娘 á，i 看 lóng bē kah-ì，庄內人嘴講：

「這個 A 財，m̄ 知 ka-tī 是賣人做長工--ê，頭家對 i 好，soah 會弄枴 á 花。」

意思是 keng-thé i 是 ná 乞食--leh，圓 á 花 m̄ 知 bái，有 bó thang 娶就 ài 偷笑--a，soah bē 輸皇帝 leh 選娘娘--leh，笑破人 ê 嘴！

頭工犒軍戲，e-po͘ 是武場 ê 18 路反王，講程咬金、秦叔寶 ê 齣頭，暗時 á，正戲「王寶釧苦守寒窯」開演，連附近幾個庄頭 ê 人都

lóng ka-tī chah 椅 á、giâ 椅條(liâu)來看，kui 個
廟庭 kheh gah chȧt-khó-khó，何明霞 kā 王寶釧
演 gah 活--起來，莫怪莊--先生會 hiah 大路，
1 出手就 80 kho。Hit 暗，煞戲了，廟--nih kā 點
心 chhôan--出來，講是地方頭人莊書文先生辦
請--ê。本底若 1 工 ê 戲，戲班食飽就透暝 tńg--
去，m̄-koh 翻 tńg 工第二場 ài koh poaⁿ--leh，照
規矩，戲班 á 就睏廟--nih。莊--先生 teh 陪「眞
秀園」kui 團食點心 ê 時，kā 戲班頭家講 11 月
天睏廟 ê 塗 kha siuⁿ kôaⁿ。園主講無要緊，in
做戲--ê pháiⁿ 命慣勢，有 chah 綿積被。莊--生
生 beh 請 tȧk-ê 去睏 in tau，講總--是比睏廟--nih
khah 燒 lȯh，m̄-koh 戲班堅持 beh 睏廟內，講食
好慣勢驚後日 á 嘴 táu 會 sēng pháiⁿ--去。

庄--nih 風聲講是莊--先生 leh kah-ì 何明霞，
chiah 會 hiah 好心，請 in 食、beh hō͘ in tòa koh 兼
賞金。第 2 工暗時，「王寶釧 kap 薛平貴」koh
poaⁿ 續集，觀眾比 cha 暝 khah chē，演員 mā 愈
poaⁿ 愈熱場，王寶釧無飯食豬母奶 á 草，觀眾
有人 khian 錢起 lih 台 á 頂，m̄-koh sàn-chiah ê 庄

kha 人 kan-taⁿ 有 kóa 銀角 á thang 賞金 niâ, hit
chūn koh 有紅單貼--出來, 賞金是 200 khơ, 看
名是「林財」, 1 時間眾人 soah sa 無總, 附近
庄頭 á nah 有這個人？有人 hoah 講：

「是長工 A 財--lah, A 財賞 200 khơ！」

這時興看戲--ê 是看 gah 神神神, m̄-koh 也
有人無掛看戲, tī 台 á kha chhi-bu chhih-chhùh 會
講：

「A 財 1 個長工 á 人 nah 會有 200 khơ？
Nah 甘 khai 200 ê 賞金？」

頭殼 khah 好--ê 想就知影是 in 頭家出 ê
錢, 驚人講 êng-á 話, chiah 會用長工 ê 名, 莊
--先生 khah án-chóaⁿ 講 mā 是有 bố kiáⁿ ê 人, siuⁿ
chhiaⁿ-iaⁿ 名聲 bē 堪--得。第 2 暗「王寶釧 kap
薛平貴」戲 koh 無煞, 親像電影 án-ni beh 演 3
集, beh 收場 ê 時, 戲班頭家出來宣佈講 beh
koh 加演第 3 工, 有地方善士 ka-tī beh 出戲金
chhiàⁿ-in。庄--nih ê 人隨就知影 hit 個善士 tiāⁿ-
tiỏh 無別人, 通庄 mā i 有這款 êng 錢 niâ。Hit 暗
莊--先生 koh kāng 款 chhôan 點心請戲班--ê 食。

Tāi-chì 就親像庄內人 leh ioh--ê án-ni, 莊書文有影去 hō 何明霞 ê 苦旦迷 gah 死死暈暈--去, 藉嘴賞金就 tī 後台看戲, piān 若落場就 chhōe 機會 kap i 講話, 戲班--ê 看這款戲迷也 m̄ 是 siáⁿ 罕見--ê, A 霞 hō 莊--先生 chhōa 去散步, 也無人有 siáⁿ 加話。這團眞秀園 mā 是海口來--ê, 雖 bóng m̄ 是麥寮拱樂社, m̄-koh 海口自來 sòng-hiong, koh 再學戲--ê lóng 是 sàn 人 gín-á, cha-bó͘ gín-á mā bē tàng 歌 á 戲 poaⁿ 1 世人, 有合緣--ê iáu 是緊嫁。Tú 起初, A 霞 m̄ 知莊書文厝--nih 已經有建置家後, 看 in tau 厝宅大落, i koh 做人慷慨, 穿 chhah 高貴, mā 親像 i ê 名 án-ni, 人 pān 斯文, 對 i 眞有好感, tī 庄--nih chiah 做 3 工戲 niâ, 就 kap i 不止 á 有話講, 連後檔 in tī toh 1 個庄頭 poaⁿ 都先講 hō i 知, 莊書文無論 jōa 遠 mā lóng 叫 A 財 kap i 去, 拚 gah 到。

A 財 tòe 頭家 sì-kòe 去 jiok 眞秀園 ê 戲, m̄ 是, 應該是 jiok 何明霞, 半年來, 也行過 bē 少 ê 庄頭, 有 1 暝煞戲, 戲班頭家 chhōe 莊--先生

講話:

「莊--先生,你 án-ni ta̍k 場 kā góan 捧場,賞金 mā hō͘ góan hiah chē--a, góan 心肝內感覺對你眞 bē 得過, taⁿ A 霞是 1 個眞好 ê cha-bó͘ gín-á, 你若眞正有 kah-ì, kui-khì 就 kā 娶娶--leh, i 是自由--ê, 無欠戲班 1 sián 錢, 隨時會 sái 離開, góan 這班 A 霞是上 kài 上腳(chiūⁿ-kioh) ê 小旦無 m̄ tio̍h, m̄-koh góan lóng 眞惜--i, i 若有幸福 ê 歸宿, 比 siáⁿ lóng khah 要緊。」

莊書文心肝內暗苦, kah-ì 是有影 hō͘ 迷 gah bē 食 bē 睏, khah 輸 i 都厝--nih 有 bó͘--a, che 戲班 ê 人 iáu m̄ 知這條 tāi-chì, chiah 會肯 hō͘ i 接近 A 霞, 若 piah 空, A 霞一定 kap i 斷路, m̄-koh 園主 án-ni 講, 若無 beh 娶 A 霞, 變無誠意, bē 輸是 leh 戲弄--人 leh, hōan-sè 戲班 ê 人會對 i 反感。Che beh 怎樣排解 chiah 好?尾--á, i chhōe A 財參詳, 允 i 條件講 beh hō͘ i 5 分土地, ài i 答應配合。套 1 個法 tō͘, kā A 霞 kap 戲班講是莊書文 beh 娶 A 霞, kā 莊--先生這頭講是替 A 財娶 bó͘, 等 bó͘ 娶過手, chiah kā A 霞明講, 名義上

是 A 財 ê bó，實際上是莊書文 ê 細姨 á，到時生生米煮 gah 熟--a，beh 反悔 mā 未赴。

A 財是人 ê 長工，賣身 hō--人，bē tàng 講 m̄，i 這半年來 tòe 頭家來來去去，知影 A 霞雖 bóng 是歌 á 戲 ê 紅小旦，m̄-koh iáu 是單純 ê 海口姑娘 á，mā 眞 sahⁿ--i，總--是 ka-tī 知影身份差 hiah chē，beh kap 頭家 án-chóaⁿ 爭？心肝內是眞 m̄ 願，嘴--nih iáu 是 m̄ 敢講起，做人 ê 長工奴才 mā 是 tiòh khah 認份--leh。

Tī hit 款 pha 荒 ê 時代，也 bē 顧得禮數，莊書文講省事事省，i hō A 霞 ê pē 母 10 萬 khơ 聘金，chhun--ê lóng 免，嫁妝男方 ka-tī 總 chhôan，án-ni 就看日準備 beh 娶入門，tī beh 婚禮 ê 前 1 工，莊--先生 chiah kā tāi-chì 講 hō A 霞知，名義上 i 是 A 財 ê bó，實際是 i ê 細姨，等過 1 段日子，chiah kā 大 bó 這頭講情，hō i 正式入莊--家 ê 門。這段日子，A 財保證 bē kap i lām-sám 來，以對主母 ê 禮相待。

對 A 霞來講，che bē 輸 ná 天地大地動--leh，i 少女 ê 純情夢 soah 碎--去，taⁿ tàk-ê lóng

知影 i beh 嫁--a，戲班 hit pêng 添妝 ê 禮 mā lóng kā 人收--a，這聲無嫁 mā pháiⁿ 排解，beh 嫁人做細姨 koh m̄ 是 i bat 想--過 ê，koh 講名義上另外 koh 有 1 個翁婿 A 財，有影是眞 bái-châi。

娶親 hit 暝，mā 有 kóa 庄--nih ê 人來鬧熱，tak-ê m̄ 知，lóng 欣羨 A 財 thah 會 chiah 好命，揀--ah 揀，koh 有影乞食身皇帝嘴，娶著王寶釧這個 súi bó͘！人客走了，A 霞 kā A 財講 beh 做眞正 ê 翁 bó͘，i 講知影 A 財是 kó-ì ê 好人，做人長工 mā m̄ 是就 1 世人無出脫，若 2 翁 bó͘ 肯拚，iáu 是有好日子，án-ni mā 贏 i A 霞做人細姨 pháiⁿ 名 pháiⁿ 姓兼害人家庭。

莊書文知影 in 2 個 soah 假戲眞正 poaⁿ 了後，chiâⁿ siūⁿ-khì，m̄-koh khah 講人 A 霞 mā 是 A 財 ê bó͘，che tak-ê lóng 知--ê，冤枉無地講，koh 是 ka-tī 做起頭--ê，kan-taⁿ 怪 A 霞做戲 á 無情，A 霞應 i 講：

「Góan 做戲--ê 上純情，你歌 á 戲看 hiah 久，kám m̄ 知 góan 講是一女不配二夫！我都 A 財 ê bó͘--a，beh án-chóaⁿ koh 配--你？」

A 財長工做到 25 歲滿期，就 chhōa A 霞離開莊--家，用莊--先生允 hō͘ A 財 ê 土地起厝作 sit，正式變做 góan 庄--nih ê 人。

祖師爺 liàh 童乩

為著走 chhōe 寫作 ê 題材，專工去雲林海口 chhit-thô 幾 nā 工，聽講 hit 附近古早就是真 sàn-chiah ê 地頭，góan 故鄉有 1 句 háⁿ cha-bó gín-á ê 話講「若無乖後 pái 大 hàn kā 你嫁去海口食番藷」，聽著這句話，罕得有人 m̄ 驚--ê。Nah 知這款 sòng-hiong ê 所在 soah 有真 chē 大間廟，hōan-sè 全台灣廟寺密度上 kôan--ê 就是這 kho͘ 圍 á，tàk 間都 súi koh 氣派，看--起-來就是真好 giàh ê 廟。宗教心理學 kiám-chhái 有合理 ê 解說，m̄-koh 這篇 m̄ 是 beh 討論廟 ê tāi-chì--ê，tī 我去參觀 1 間廟 ê 時 chhūn，tú 好有童乩 ê 聚會，我 m̄ 知影 lán 台灣有 hiah-nī chē 童乩！

Kui tīn 童乩 lóng 用武器 leh phut ka-tī ê kha-chiah-phiaⁿ，有 ê 用七星劍，有 ê 用有刺 ê 流星球，phut gah 流血，m̄-koh in ká-ná lóng m̄ 知 thang 疼，mā 有 cha-bó 童乩，kāng 款 ná tiô ná

phut，表現無輸 cha-po͘--ê，這款現象我實在 bē
hiáu 解說，kan-taⁿ 感覺不止 á 殘忍，莫怪 A 文--
哥無愛 hō͘ in bó͘ 品--á 去做童乩！

　　我做 gín-á ê 時代，góan 庄--nih 無廟，連土
地公廟 á 都 chiah 1 間 á-kiáⁿ niâ，庄內無人 leh 做
童乩，顛倒是平埔留--落-來 ê 尪姨人 khah 知
影，一直到 hit 間土地公廟 á 翻做祖師廟了後，
廟--nih 有 póah 盃選出頭家、爐主，chiah 有欠
童乩。本底我想講童乩是拜師父學工夫 án-ni 3
年 6 個月出師產生--ê，尾--á chiah 知影童乩免
學，是神揀--ê，m̄ 是 chhìn-chhái 人講 beh 做就
會 sái--得-ê。

　　Chhím 起頭，是先 ùi 隔壁庄牛寮 á 廟借
1 個童乩來，應付日常信徒關係問神這款 li-li
khok-khok ê tāi-chì，phín 講半年後 góan 庄 ài 有
ka-tī ê 童乩，bē tàng 一直 lóng 靠--i，庄--nih sì-
kòe 探聽看 siáng 適合做童乩 ê 候選人，kā 有可
能--ê lóng 叫來廟前，開始 koan 神，無 jōa 久，
豬寮成--á 起 tiô，做爐主 ê Siáu 德--á 緊喊廟公清
義--á chhôan 3 叢香點好勢，thang hō͘ 成--á póah

看有盃--無，頭盃就 2 個 siūⁿ 盃向天，分明是
祖師起愛笑，笑成--á 藥箱 á m̄ phāiⁿ beh 做童
乩，動機無純，確實 m̄ 是童乩 ê 人選。

　　祖師廟 tú 起好無 jōa 久，想講廟內加減
mā 有金身掛金牌、hō 人添油香 ê 錢箱 á，無人
顧 bē sái，kui 庄 kan-taⁿ 清義--á 是羅漢 kha-á，
無田無園，靠做 kóa 散工 á 過日，本底有機會
做里長伯--á，nah 知 i ka-tī 票tǹg 了 m̄ tiȯh--去，
落選，tú 好是做廟公上好 ê kha-siàu，大概是香
煙 hahⁿ 久也有 kóa 靈聖，無 tiuⁿ 無 tî soah mā 起
童，Siáu 德--á 緊叫 i pȯah 盃，看祖師爺有歡喜
beh liȧh i 做童乩--無，頭盃就 1 笑 1 哭，明明是
siūⁿ 盃無 m̄ tiȯh，第 2 盃，pȯah--落，祖師 soah
哭清義--á m̄ 專心做廟公，想 beh 兼童乩。

　　廟--nih ê 頭家、爐主為童乩 ê 人選開會幾
pái，本底勇--á 是適當 ê 童乩，眞 phah 損，舊
年 in bó 做尪姨 ê A-chiáng 為業務 siuⁿ 好 soah 搬
--去街--nih，A 樂--á mā 有理想，m̄-koh i 自娶 bó
後就 kui-khì 去落教信 Ia-so͘ hoah A-men--a。這時
有人風聲講 A 文--哥 in bó 品--á tī 園--nih leh 蒔(sî)

瓜á草，soah 嘴--nih sèh-sèh 念，身軀開始搖，手伸 2 支 chéng 頭 á tī 面前回 koh chhoah，真正起童--a，A 文--哥 in i--á tī 邊--á leh 沃水，看--著，chiah hán--出-來-ê。

A 文--哥是 góan 庄--nih 頭 1 個 kap 人離緣 --ê，i 人生做 sán koh 薄板，bái 猴 bái 猴，本底娶著圳寮 á 頭人雲 á 舍 ê súi cha-bó kiáⁿ 蓮治，nah 知娶個外月連新娘 á 都無 khàp--著就離緣 --a，A 文--哥 in a-i kap a-pa 是 bē 有 siáⁿ 怨嘆，原本 in 想講這個新婦 ê 後頭厝是大富戶，嫁妝 tiāⁿ-tiòh 驚--人，自動 kā 2 公婆 á tòa ê 正身讓出來 hō in 做新娘房，nah 知 soah kan-taⁿ kah 1 台蓮治 ka-tī leh 騎 ê 紅鐵馬 á niâ，pē 母心肝內有 kóa m̄ 願，koh é-káu--ê teh 死 kiáⁿ，有話無 tè 講，尾手雲 á 舍 hō in 幾分地離緣，A 文--哥有 chiah-ê 土地了後，行情 khah 浮，chiah 會 tàng 娶著這個 A 品--á 做 bó。

Siáu 德--á 聽人講品--á 會起童 giàh 乩，隨就 chông 去田頭園 á chhōe--i，叫 i 緊 tiòh 來祖師廟 pòah 盃，thang hō 祖師揀選做童乩。A 文--哥

in i--á 是虔誠 ê 信徒，聽爐主 án-ni 講，叫新婦
sit 頭且放--1-下，廟 ê tāi-chì khah 要緊。清義--á 1
把清香 chhôan 便便 leh 等，看著品--á 來到 tè，
緊 kā 香點 hō͘ tòh，德--á 先問品--á 1 kóa 基本資
料，了後叫 i 跪 tī 祖師爺面前，替 i hē 講：

「弟子女眾是在庄莊阿文 ê 家後，後頭厝
tī 青埔 á，本姓是張，名叫仙品，嫁來竹圍 á 庄
年半，改名莊張仙品，今年 Lan-lâng 23 歲，iáu
未有後生 cha-bó͘ kiáⁿ，身世清白，beh 來 hō͘ 祖
師爺差用，若有投祖師爺 ê 意，請用 siūⁿ 盃指
示。」

品--á 跪 tī 塗 kha，siūⁿ 盃 theh kôan chiah koh
ǹg 下 pòah--落，tú 好 1 陽 1 陰，正正是 pòah 著
siūⁿ 盃。爐主德--á kā 1 對盃 khioh óa 合齊，ǹg 祖
師 1 拜，koh hē 講：

「祖師爺在上，若有 kah-ì 莊張仙品女眾
做你駕前童乩，請再允1盃！」

品--á 接過手，theh kôan pòah ǹg 塗 kha，koh
是 1 笑 1 哭，明明 koh pòah 著1盃。爐主 khioh
齊 koh 再1遍 hē 講：

「女眾弟子張--氏仙品，嫁本庄 ê 莊阿文為妻，若是祖師爺 beh liah i 做童乩，請祖師爺再允 1 盃！」

品--á 肅靜跪 tī 塗 kha，hō 爐主 hoat 落，無 gah 1 句話，這時接過 siūn 盃，雙手合齊，誠懇 poah 盃，koh 是 1 盃 ng 天 1 盃 khap 地，連續 3 pái siūn 盃，這聲無 têng-tân--a，祖師爺點名 ài 品--á 做童乩！Hiông-hiông 廟公清義--á tī 邊--á hoah 講：

「發爐--a，發爐--a！」

德--á kap A 品 giah 頭 1 看，香爐 1 把香 soah tòh 火，本底 he 香是點 tòh 了後，kā 火 iat hoa，chhun 香頭 1 點火光紅紅，這時 nah 會火 koh tòh--起-來，kám 是祖師爺 leh 歡喜 chhōe 著適當 ê 童乩？

Hit 工 A 文--哥去農會領肥料，chhím tńg 來到庄--nih，就 tñg 著頭家 á 欽--á，kā i 恭喜講 in bó· hō· 祖師爺取去做童乩，是本庄祖師廟頭 1 任--ê。A 文--哥到厝了後，問品--á tāi-chì ê 經過，品--á gōng 神 gōng 神，ká-ná 精神無 sián 正常，

講無 siáⁿ 有 lí-lō-lâi，in i--á tī 邊--á tàu 補充，chiah 知影這個 bó͘ 有祖師緣。I oat--leh 先去田頭圳溝邊坐 1 khùn，tńg--來 tú 好品--á 暗頓煮熟，等品--á kā ta-koaⁿ、ta-ke、翁婿 kap ka-tī ê 番藷籤飯 té 好勢，kui 家坐定，A 文--哥講 1 句：

「品--á，你 bē sái 去做童乩！」

話講了就 tiām-tiām pe 飯，kui 家夥 á 無講無 tàⁿ。

A 文--哥無 beh hō͘ in bó͘ 做童乩！Che 是大 tāi-chì，童乩是神職，雖 bóng 無月給 thang 領，總--是若有信徒來 poah 盃、抽籤、問神，lóng tióh 童乩做人 kap 神 ê 中人，加減 lóng 會包 kóa 意思，真 chē 人 leh siàu 想這缺，khah 輸祖師爺都看 bē chiūⁿ 目，無簡單品--á chiah 允著 3 盃，koh 發香爐，表示祖師爺真 kah-ì，nah 知有親像 A 文--哥這款人，敢逆神逆天！

祖師廟 ê 頭人，1 個爐主 4 個頭家，lóng 是庄內信徒 poah 盃出--來-ê，隨召開臨時會議，爐主 Siáu 德--á 主持，4 個頭家是欽--á、意--á、清--á kap A 生，無 chhái chiah leh 歡喜 liáh 著童

乩--a, taⁿ 這聲苦--a, beh koh chhōe 1 個 hō 祖師爺會 kah-ì--ê 是眞 oh。清--á in bó͘ tī 邊--á kā chhi-bu chhih-chhùh, 德--á 知影這個 cha-bó͘ 是街--nih khah 早 leh 賣獎芬--ê, 世面 khah bat, 專工問講：「有 siáⁿ 意見准你講！」

清--á 引用 in bó͘ ê 話 ioh A 文--哥 ê 心事, 講是自 hō 蓮治離緣了後, A 文--哥驚這個 bó͘ koh 會出 siáⁿ 空 á 縫, ta̍k 項驚, 若 m̄ 是有 1 kóa 好條件允--i, 恐驚 i bē 答應。Siáu 德--á 本底 kap A 文--哥感情 m̄ 是眞好, i 是惜牛 ná 性命--leh, m̄-koh 這個 A 文--哥 khah 早無得著雲 á 舍 ê 幾分地 ê 時 chhūn, 是靠 1 隻牛 sì-kòe leh kā 人拖載物件, 牛若行 khah bē 去, 籐條就 sut--落, bat hō Siáu 德--á kā i 罵--過, 若 m̄ 是確實祖師爺 ê 意思, i mā 無愛 hō A 文 in bó͘ 做童乩。A 生講 che 是公事, 私人 ê 恩怨 ài 先 khǹg 1 邊, 請 i 做爐主--ê 去探看 siáⁿ 款條件, A 文--哥 chiah 肯 hō in bó͘ 出來做童乩？

德--á 到這個 khám 站, 無去 chhōe A 文也無法 tō, 去園--nih 挽 2 粒金瓜做伴手, 到位 ê

時，A 文 tú beh 出門 iā 肥料，講i 無 êng，德--á kā 金瓜 khǹg tī 廳頭，tiām-tiām tòe A 文--哥行，到田--nih，自動 tháu 1 袋肥料 kap A 文 1 人 iā 1 頭，ùi chái 起 iā 到晝，lóng 無講 gah 1 句 siáⁿ，kui 坵田肥料落了，mā 是 tiām-tiām tńg--來。

Hit 工食暗 ê 時，A 文--哥問 in bó 講：

「你 kám beh 做童乩？」

品--á 頭 lê-lê，顧食飯，目 chiu 神 sûi-sûi，無應話。In pē 母知 A 文 ê 性 mā tiām chih-chih。

牛寮 á 廟 hit 個童乩半年過就無 koh 來，A 文--哥 chhōa 品--á 來到祖師爺 ê 面頭前，kā 爐主德--á 講：

「童乩來--a！」

Lô-môa 松--á

電視新聞講有 1 個大尾 lô-môa 過身，式場 ê 匾 á、輓聯、花箍、花籃 chē gah 排 tùi 大路邊 去，送出山 ê 陣頭、花車 kā 幾 nā 條街 á 路 that gah chát-khó-khó，kui 個交通 lóng 亂--去，場面 真 niau，無輸一般 ê 社會賢達。

Góan 故鄉是真單純 ê 所在，講--來真心 適，mā kāng 款有 lô-môa，我想社會就是社會， 無論 siáⁿ-mih 所在都各行各業，lô-môa tī 社會變 做普通 ê 行業--a，koh-khah 相 kâng--ê 是 Lô-môa 松--á 出山 ê 場面 mā 真轟動。

有 1 pái，我 tńg 去故鄉，路--nih soah that 車，知影 tiāⁿ-tióh 是有人 teh 出山，koh 看著 a-pa mā tòe 人 leh 送出山，想講 kám 是 toh 1 個親 chiâⁿ 過身，a-pa 叫我 mā ài 來送上山頭，講：

「Kui 庄出山會 hiah 鬧熱--ê mā chiah Lô-môa 松--á niâ。」

自我做 gín-á 就 bat Lô-môa 松--á，i 本名本姓 soah 無 siáⁿ 人知。會記得有 1 個 chái 起，我 phāiⁿ 冊 phāiⁿ-á beh 學校，hit 工輪著我做「值日生」，ài khah 早去扒掃，出到庄外，天 chiah phah-phú 光 niâ，看著 Lô-môa松--á 騎鐵馬 ùi 對面 lop-sōm lop-sōm 踏--來，到我面頭前 soah hioh--落-來，問我是 siáng ê 後生，nah 會 chiah 扒勢，hiah 早就 beh 去學校。庄內人 lóng 知影 i 暗時 á 會去二林街 á 酒家 kap 人 lim 燒酒、póah-kiáu，透早 chiah 會 tńg 來庄--nih 睏。我 kā i 報 góan a-pa ê 名，koh 解說講今 á 是我「值日」，chiah tiȯh chiah 早出門。I 講我是乖 gín-á，ài 認真讀冊，m̄-thang 大 hàn 親像 i án-ni，無半步取 chiah tiȯh 做 lô-môa，i 講 beh hō͘ 我錢買 sì-siù-á，表示鼓勵，nah 知褲袋 á jîm 無錢，chiah pháiⁿ-sè pháiⁿ-sè 講：

「Cha 暝 kiáu 氣真 bái，輸 gah ta-ta，先欠--leh，另工贏 kiáu chiah hō͘--你。我若 bōe 記--得，你 tńg 著我 ài 會記得 kā 我講。」

放學 tńg 去厝--nih，我 kā a-pa 講 chái 起 tńg

著 Lô-môa 松--á ê tāi-chì，a-pa 罵我 gín-á 人講話 m̄-thang 無大無細，後 pái ài 叫「松叔--á」。雖 bóng 松叔--á 有 án-ni 講--過，後日我若 koh tú--著，bē-sái kā i 討錢。

　Góan 庄 ǹg 東是老窯，hit 庄 kap góan chia 離無 jōa 遠，有 1 條墓 á 埔路相 thàng，路邊 ê 田 1 半老窯人 1 半 góan 庄 ê，A 樂--á in tau 作 ê 田就 kap 老窯人 Khám 章--á 相隔界，hit chūn 水 iáu 眞缺，ǹg 1 條 Jí-á 溝 kā 頂流濁水溪水引--來，老窯先到，in 水淹到額 chiah 有 thang tióh góan 庄，半暝 ài 有人巡田顧水。Tī 田頭 á 開 1 缺(khih)，hō͘ 水入田--nih，koh 做 1 窟濁水膏窟 á，水入--來先引去這窟，水--nih ê 塗沙留 tī 窟 á 內，淹去田--nih ê 水 chiah bē 膏膏，敗著稻叢，會 sái 講眞費氣。頂坵田水若 phòaⁿ tīⁿ，就會 kā 進水缺 á that--起-來，下坵 chiah 有水 thang 淹，若淹有到額無 that 水缺，淹 phóng-phóng 稻 á 會爛叢。樂--á 愛挨弦 á sńg 音樂，作田放放(hòng)，in 老 pē 無歡喜，半暝會派 i 去顧田水。

　Hit 暝，樂--á 爲著第 2 工 beh 去 kap 人出西

樂隊，看隔壁坵 Khám 章--á ê 田水食 gah 差不
多--a，就 ka-tī 去 kā 人 ê 田頭缺 á that--起-來，
kā 水漏--落-來淹 ka-tī ê 田。過無 jōa 久，章--á
來，真 siūⁿ-khì，用掘水缺 á ê 鋤頭柄 kòng 樂
--á，kā i phah gah 倒 tī 塗 kha，kui 身軀血，爬
tńg 去厝--nih，天都也 beh 光--á，厝邊隔壁都也
lóng 精神，準備食 chái 起 beh 落田，看著樂--á
hō 老窯人欺負，眾人真不滿，ták-ê hoah 講 beh
去老窯 chhōe Khám 章算 siàu，這時 chūn，有人
講：

「Khám 章--á 番 pì-pà，人真 pháiⁿ，lán 無 i
法，iáu 是 ài 叫 Lô-môa 松--á 來。」

Hit 個時間，松--á iáu 未 tńg--來，樂--á in
a-pa kap 幾個厝邊就去路頭等，無 jōa 久，就等
--著-a。松--á 鐵馬 oat--leh 就 beh 騎去老窯，庄
內人 tòe 後壁 beh 去，松--á 講：「這款 tāi-chì
kap lín 無 tī-tāi，我 ka-tī 來去就好。」

詳細 ê 經過是 án-chóaⁿ，góan 庄--nih 無 siáⁿ
人知，老窯人 làu-khùi tāi 也 bē 講--出-來，尾--á
是 góan hit 班有老窯 gín-á 講 hō 我聽--ê。Khám

章人大箍把，tī 老窯做人就眞霸， 人緣 m̄ 是眞好，hit chái 起，Lô-môa 松--á 去到地(tè)， tī 門口庭 hoah：「Khám 章--á 出--來！」

松--á chhoh Khám 章--á 無應該欺負 kó͘-ì人，章--á 無 thang tio̍h 到松--á 侵門踏戶來到 in tau chhàng-chhiu，chìⁿ óa 去beh phah 松--á，nah 知松--á 是有拳頭底--á，使 1 個勢，出手去 khioh 章--á ê 拳，順勢 kā i 引力 poah 去邊--á，章--á 無 2 下手，就 phak tī 塗 kha，松--á hoan 咐 i ài chhôan 檳榔薰來竹圍 á 庄請，通庄 sèh 1 lìn 會失禮。趁松--á óat 頭 beh 騎鐵馬，章--á gia̍h 1 支糞 chhiám ùi 後壁偷 lak，松--á 手後 khiau 去 hō͘ chhiám--著，pòah 落鐵馬，看章--á 糞 chhiám 利劍劍 koh chìⁿ--來，就 kā 鐵馬 lêng--起-來，當做武器 teh 回糞 chhiám，無幾下手，章--á chhiám-á hō͘ 鐵馬 ê 手 hōaⁿ-á 架(ké)lak--去，松--á kā 鐵馬 phiaⁿ 塗 kha，換 khioh hit 支糞 chhiám 做 ke-si，lak 著章--á ê 腹 tó͘ 邊，章--á 跪--落 hoah「m̄ 敢--a」，答應 beh 捧檳榔薰來 kā 樂--á 會失禮。松--á 用嘴咬 leh 衫 á ńg 尾，另外 1 手去 lì 1 liau

落--來，用嘴 kap 手配合，kā 手後 khiau 包--leh
止血就鐵馬扶--起-來，騎 tńg 去竹圍 á 睏。

　　Lô-môa 松--á tńg 來庄--nih lóng 無講 siáⁿ，hit
暝照常去二林街 á lim 燒酒、póah-kiáu，翻tńg
工 chái 起，鐵馬騎出二林街 á 就去 hō͘ 刑事 liàh--
去，講是老窯人章--á 報案，告 i 傷害，有腹 tó͘
邊 lak 1 空 ê 傷單做證明。松--á tī 警察局無講原
因，kan-taⁿ 承認有 kā 章--á lak 1 空，武器是 hit
支章--á in tau ê 糞 chhiám。因為松--á 態度好，
肯 kap 刑事合作，m̄-koh i 是傷害罪 ê 累犯，就
kā i 判 6 個月徒刑，糞 chhiám 是武器，當然 mā
沒收。

　　松--á leh 關 ê 時，tiāⁿ-tiāⁿ 有穿 gah 眞 phaⁿ
ê 姑娘來 góan 庄--nih，講是二林酒家 ê 小姐，
1 pái 來 lóng 幾 nā 個 tàu-tīn，驚松--á in a 母 3 頓
不渡，kōaⁿ 菜 thèh 米來煮飯 hō͘ 老歲 á 人食，in
mā 輪班去探監，講松--á tī 籠 á 內好好，請 in a
母免為 i 煩惱。松--á in 老母算 pháiⁿ 命，少年就
死翁，生 2 個後生 lóng 眞不 tóng，1 個做 lô-môa
hō͘ 人 phùi 痰 phùi 瀾，1 個去 tī kha-sau 間 á 顧口

做三七 á，i 70 歲--a，本底就 khiau-ku，koh tī 庄--nih 行路 lóng 頭 lê-lê，表示做人 kiàn-siàu，感覺眞可憐。

Lô-môa 松--á 關年半 chiah 出--來，i chìn 前有案 leh 假釋，tī 假釋中若 koh 犯案，關無了--ê ài koh 還，m̄-chiah 會加關 1 年，góan hia ê 人講 he hō 做「寄罪」。樂--á kap in a-pa bat 去面會，去 hō 松--á 罵，講這款所在 m̄ 是一般作 sit ê kó-ì 人來--ê，1 人 1 途 1 款命，作 sit 人 kài 艱苦，kui 年 thàng 天

lóng 做 gah 比牛 khah thiám，i 就是 m̄ 擔輸贏 bē 堪得操，m̄-chiah 會行這條歪路，hō 祖公 á kiàn-siàu，樂--á 興 sńg 樂器，mā 是好 tāi-chì，總--是 phēng i

做竹雞 á khah 實，tńg--去 ài kut 力，替竹圍 á 人出 1 口氣。

庄--nih 無看著 Lô-môa 松--á 是 sù 常 ê tāi-chì，也無 siáⁿ 怪奇，普通時 á 無 tāi-chì i 也罕得 kap 庄內人來去。聽講松--á 出監了，無隨 tńg--來，講去別位 á 替人顧 kiáu 間趁 kóa 所費，一

直到 2 年過，我 chiah koh 看著 i，hit chái 起，
beh 考試，我 khah 早 beh 去學校做準備，tú 出
庄就聽著 oʻtoʻbai ê 聲，是松--á 換騎機車。看著
我，就擋 tiām，我這 pái 會記得 a-pa ê 交帶，叫
1 聲「松叔--á」，i

　　大概記才 bái，koh 問我是 siáng ê 後生，我
koh 報 a-pa ê 名，i o-ló 我乖，就做 i 去。我 koh 行
幾步，i soah oat 頭 tńg--來，問講 i bat 允過 1 個學
生 gín-á 講若贏 kiáu 有錢 beh hō͘ i 所費買 sì-siù-á，
hit 個 kám 是我？我想著 a-pa ê 話，m̄ 敢應，kan-
taⁿ liòh-liòh-á tìm 1 下頭。松叔--á 講我 gín-á 人 bē
sái 講話無守約束，我答應 i beh kā i 提醒，i 是記
智無 kài 好 ê 人，我 gín-á 人 nah 會記智也無好？
就伸手 ùi 後褲袋 á jîm 1 個 té 錢 ê 皮夾 á 出--來，
tu hō͘--我，叫我收--起-來，我 m̄ 敢 thèh，i 講我
若無 thèh--去，i 緊早慢 mā 會 koh pòah 輸了了，
khah 輸 hō͘ 我做所費 kap 交學費。

　　我 kā 皮夾 á 交 hō͘ a-pa，內底有 3000 幾
kho͘，hit chūn 替人割稻 á 1 工 chiah 趁 30 niâ。
A-pa hō͘ 我 1 kho͘ gûn，i 講 beh chhōa 我去 kā 錢還

Lô-môa松叔--á, 大概是 i lim 燒酒醉, chiah 會 hō 我 hiah chē 錢。

松--á 出--去-a, in a 母講松--á ê tāi-chì kap i 無關係, 無論好 tāi iah pháiⁿ tāi, 皮包 á i m̄ 肯替 後生收--起-來。若 beh 就等 bîn-á-chài i tńg--來 chiah koh 來。

翻 tńg 工, Lô-môa 松--á 無 tńg--來, 尾--á 聽講 tī 街--nih 有人 poàh pháiⁿ kiáu, pián 人 ê 錢, 松叔--á 替人去 beh 討 1 個公道, soah 起唐 突, 錯手 phah--死-人, 當場 hō 警察 liàh--去, 這 pái 就判眞重--a。

He 錢 a-pa lóng m̄ 敢動--著, 一直到我國校 出業, 考 tiâu 都市 ê 省初中, 無錢 thang 註冊, a-pa chiah thèh 來用, 講 ài 感念 leh 關監 ê 松叔 --á, 皮夾 á 會 sái 留 leh 做記念。尾--á 我就 lóng tī 都市讀冊、生活, 松叔--á 出監是幾 nā 年後 ê tāi-chì。

我寫這篇 m̄ 是 beh kā lô-môa 變做英雄, mā m̄ 是有 siáⁿ 奇怪 ê 理由, kan-taⁿ 是照我所知--ê 寫--出-來niâ。

走揣拋荒的田庄價值觀

做伙來讀陳明仁《拋荒的故事》
第五輯「田庄人氣紀事」

丁鳳珍

台中教育大學台灣語文學系助理教授

「伊蹛佇墓仔埔邊一間低厝仔，毋是塗kat 壁--的，是竹管仔抹牛屎塗的壁，厝頂崁稻草，壁頂有發草佮藤仔。厝跤閣發幾模菅蓁仔，吐芒白白，定定有竹虎仔、杜定爬--過。」讀到這段文字，早就毋知走去佗位藏的囡仔時，雄雄閣跳出來佇目睭前。這是咱彰化的作家陳明仁先生佇〈乞食庄的人氣者〉內底，咧紹介乞食 Un 仔 in 厝。嘛是彰化人的阮，細漢時阮兜嘛是竹管仔抹牛屎塗的厝。咱彰化是農業大縣，過去散赤的年代，人佮人做伙靠燒的日子，這馬濟濟的囡仔無法度理解，因為in完全無經驗，致使老人閣較心悶孤單，

好佳哉咱有陳明仁的台語文學，予咱會使透過
作者滑溜活跳的台語，轉去咱懷念的古早田
庄，佇陳明仁的台語文學世界，咱這寡愈來愈
有歲的彰化人，會當閣再拄著古意樸實的少年
時，心情歡喜甲袂閣再心悶。所以，今咱欲來
佮逐家分享咱彰化作家陳明仁先生佮伊的台語
作品《拋荒的故事》。

陳明仁，筆名有：Asia Jilimpo、阿仁、
Babuza A. Sidaia，1954 年出世，彰化縣二林鎮原
斗里竹圍仔庄人，厝裡種田做穡。原斗國校、
省立台中二中初中部畢業，高中佇台中讀一學
期，了後去台北食頭路，暗時讀高中夜間部，
大學讀文化大學中文系，研究所讀哲學，捌去
美國讀戲劇，主攻編劇語言。1985 年開始用台
語寫詩，1996 年創辦台語文學專業雜誌《台文
罔報》。這馬是海翁台語文教基金會理事長、
李江却台語文教基金會常務董事、《台文通
訊 BONG 報》社長、林榮三公益文教基金會台
語文學講師、《台語教育報》總編輯。台語文
學作品有詩集《走找流浪的台灣》(1992)、《流

浪記事》(1995)，《陳明仁台語歌詩》(1996)；小說、舞台劇本、散文《A-chhûn》(1998)、《Pha荒 ê 故事》(2000)、《路樹下 ê tō-peh-á》(2007)，合集有《陳明仁台語文學選》(2002)。

　　《拋荒的故事》的文字單行本佇 2000 年由台北市的台語傳播公司出版，銷路眞好，賣甲空空空。前衛出版社自 2012 開始，製作出版陳明仁的台語文學有聲冊《拋荒的故事》精裝套冊，總共 6 輯：第一輯田庄傳奇紀事 (2012.10)、第二輯田庄愛情婚姻紀事(2013.5)、第三輯田庄浪漫紀事(2013.7)、第四輯田庄囡仔紀事、第五輯田庄人氣紀事、第六輯田庄運氣紀事，逐輯攏有一本冊佮兩塊 CD，目前已經出到第三輯，第四輯也當欲出來。阮眞有福氣會當先讀著第五輯田庄人氣紀事收錄的六篇小說〈乞食──庄的人氣者〉、〈鱸鰻松--仔〉、〈樂--仔的音樂生涯〉、〈痟德--仔掠牛〉、〈祖師爺掠童乩〉、〈純情王寶釧〉，佇遮來欲佮逐家分享阮讀完的感動。

　　陳明仁講伊是咧寫一種拋荒的價值觀，屬

於咱台灣古典的農業社會發展出來的價值觀，
伊講：「《拋荒的故事》我逐篇攏是用現代做
起頭，才講一个五○、六○年代台灣農業社會
的故事，透過故事，共本底台灣人所堅持的價
值提來做比並，毋過比並是讀者讀了的空課，
作者無佇文學進行中加話。經過比並，咱通了
解，台灣社會環境佮生活所倚靠的條件提供咱
啥物價值，造成台灣啥物性格，對遮，咱通理
解未來台灣人佇傳統的下跤，咱欲怎建立新的
台灣性格，這是台灣文化的大工事，我數想欲
做疊磚仔角抑是牽紅毛塗的地基。」佇第五輯
田庄人氣紀事內底，確實予咱閣再扶著人情味
厚厚的過去，古意、好禮、貼心的老台灣，慾
望較低、感情真深的農村社會。

　　〈乞食庄的人氣者〉寫田庄的散鄉人，雖
然無錢通分予乞食，毋過乞食若來分，定著袂
予伊空手離開，「若無予伊一管米，嘛會予伊
一條大條番藷。」扶著這款體貼的表現，乞食
Un 仔攏會唱乞食調共人誠懇說多謝，袂認為
逐家幫贊伊是該然的。最後作者呵咾 Un 仔靠

家己有品有格的求乞方式，骨力行過各庄頭，無倚靠序細，嘛無愛造成別人的困擾，毋但無枵死，閣愈行就愈出名，變做庄頭的人氣人物。

〈鱸鰻松--仔〉寫義氣閣有擔當的鱸鰻松--仔，因為伊定定替善良古意的做穡人出頭，致到伊過身出山的時陣，是規庄上鬧熱的。捌予伊鬥相共過的人，感念伊的善心，無因為伊是鱸鰻就看輕伊，最後閣送伊上山頭。鱸鰻松--仔家己嘛真謙虛，幫贊人攏袂要求報答，嘛袂四界展風神，閣勸囡仔人愛認真讀冊，甚至予囡仔錢欲共鼓勵，閣苦勸古意人毋通變做予祖公仔見笑的鱸鰻。

〈樂--仔的音樂生涯〉寫一直堅持追求家己合意的音樂的樂--仔，寫伊成功的過程，予咱感受著樂--仔正面積極的生活態度，無向命運、出身投降的樂觀。閣，有音樂天份的樂--仔最後會當成功，受著濟濟善心人士的鼓勵佮幫贊，作者寫甲真婿氣。

〈痟德--仔掠牛〉的主角德--仔是做人真

誠懇，做穡頭誠拍拚。寫做田人對牛的疼惜佮
感謝，予咱了解，為何咱台灣的種田人堅持毋
食牛肉，因為，牛是做穡人的空課伴佮大恩
人。寫德仔心愛的牛死去彼段，予人感受著人
對牛的深刻的疼心：「死牛欲予人車去燒掉彼
早起，德--仔一个人坐佇溝仔邊，看溝仔水悠
悠仔流，風一陣一陣對竹仔尾搖--落來，共溝
仔底的雲影佮紺的天掌甲一稜一稜，遮是伊逐
工牽牛來 kō 浴的所在，伊放聲吼，袂輸死爸
死母彼款吼聲，共透早的田園罩一沿哀愁的濛
霧。」

　　〈祖師爺掠童乩〉寫疼某的阿文哥，嘛寫
出庄跤對神明虔誠的態度，主要是因為感謝神
明照顧，毋是因為驚神明的神通才遐爾好禮。
寫德--仔去拜託阿文答應予 in 某做童乩彼段，
嘛真溫純樸實，兩个查甫人恬恬做伙佇田裡
做穡，攏無講話，彼暗阿文閣問 in 某品--仔：
「你敢欲做童乩？」規家伙嘛攏恬恬無應話，
落尾，阿文就答應矣。遮寫甲真婿，有一種講
袂出來的貼心佮溫柔。

　　〈純情王寶釧〉寫歌仔戲戲班演員阿霞勇敢追求幸福的過程，阿霞無願意做好額人莊書文的細姨，歡喜選擇散赤毋過古意的阿財，莊書文氣甲罵伊無情的時陣，伊閣眞有智慧應講：「阮做戲--的上純情，你歌仔戲看遐久，敢毋知阮講是一女不配二夫！我都阿財的某--矣，欲按怎閣配--你？」

　　這馬的社會科技發達，人佮人透過網路抑是手機仔來溝通，資本主義社會的商業廣告一直咧叫醒逐家的慾望，咱身邊佮厝裡的物件愈買愈濟，咱佮人面對面眼神交流的開講愈來愈罕。親像這馬的大學，校園內底攏有 WiFi，隨時會當無線上網路，有眞濟大學生開父母的艱苦錢來大學註冊，敢是爲著欲佇教室上課的時來滑手機仔？學問毋值錢，人佮人那來那生疏，這敢是時代進步的代價？鬱卒的時陣，心情 tit 欲拋荒，拍開《拋荒的故事》，走揣古意純眞貼心的老台灣，思考咱島嶼的未來。

阿仁五仁式ê散文小說
為《拋荒ê故事》第五輯講幾句仔話

李勤岸
臺灣師範大學台灣語文學系教授

一向佮意陳明仁ê小說。Tī伊ê小說內底，我學著足濟物件。伊ê台語詞眞豐富，變化眞濟，做一个台語文作家ê條件眞成熟。

我上佮意伊小說內底彼款ê「幽默」，彼款有點仔激五仁，又閣袂傷過份，「火候」拄拄好ê滋味。

講是心適，講是趣味，又閣有點仔心酸，有點仔同情，有點仔哲學。伊講看人看伊ê「喜劇」干焦一直笑，伊suah哭出來，就是伊眞正激ê毋是五仁，其實是伊阿仁式ê烏色「幽默」無予人了解。了解ê人應當是一面笑，一面流目屎。

我佮意伊ê小說猶有我個人ê因素。雖然

平平是庄跤大漢 ê 台語文作家，伊成做眞有鄉土味，眞有農村氣質 ê 作家，我 suah 無。我 suah 顛倒眞西化，眞都市化。毋過，我 ê 內心猶是有眞濟庄跤 ê 記憶，這 tī 阿仁 ê 小說內底攏有描寫著，每遍讀著，攏眞感動，因爲若親像是我家己故鄉ê故事。Tī《拋荒 ê 故事》第五輯內底寫著 ê 人物，tshiāng 挂 tshiāng，阮庄裡嘛攏有。譬如講，〈痀德--仔掠牛〉內底 ê 痀德--仔，tī 阮庄裡就是痀木源--仔；〈鱸鰻松--仔〉tī 阮庄裡就是木己--仔。這可能就是一个作家成功 ê 原因，伊寫出普遍性，人性 ê 普遍性。伊 ê 小角色，抑是講「歹人」，結果攏予你感動，予你笑了隨流目屎。

　　當然，我知影任何小說，包括阿仁 ê「散文小說」嘛是有虛構 ê 成分，若無，就袂遐爾有故事性，遐爾吸引人。毋過，阿仁攏會眞正經，抑是激五仁，交代讀者，伊「干焦是照我所知 ê，寫出來 niâ」！

　　這部冊，眞值得紹介予想欲讀台語作品，卻毋知影欲 uì 佗一本開始讀 ê 人。

〔附錄〕

《拋荒的故事》

有聲出版計畫(共六輯)

第一輯：1.地理囝仔先
　　　　2.新婦仔變尪姨
　　　　3.改運的故事　　　　　　田庄
　　　　4.大崙的阿太佮砂鱉　　　傳奇紀事
　　　　5.指甲花
　　　　6.牽尪姨

第二輯：1.愛的故事
　　　　2.濁水反清清水濁
　　　　3.顧口--的佮辯士　　　　田庄愛情
　　　　4.再會，故鄉的戀夢　　　婚姻紀事
　　　　5.來惜--仔佮罔市--仔的婚姻
　　　　6.發姆--仔對看的故事

第三輯：1.離緣
　　　　2.翕相師傅
　　　　3.紅襪仔廖添丁　　　　　田庄
　　　　4.戀清--仔買獎券著大獎　浪漫紀事
　　　　5.咖啡物語
　　　　6.山城聽古

第四輯：1.沿路搜揣囡仔時
　　　　2.飼牛囡仔普水雞仔度
　　　　3.扶稻仔穗　　　　　　田庄
　　　　4.甘蔗園記事　　　　　囡仔紀事
　　　　5.十姊妹記事
　　　　6.來去掠走馬仔
第五輯：1.乞食──庄的人氣者
　　　　2.鱸鰻松--仔
　　　　3.樂--仔的音樂生涯　　田庄
　　　　4.痟德--仔掠牛　　　　人氣紀事
　　　　5.祖師爺掠童乩
　　　　6.純情王寶釧
第六輯：1.印尼新娘
　　　　2.老實的水耳叔--仔
　　　　3.清義--仔選里長　　　田庄
　　　　4.豬寮成--仔佮阿麗　　運氣紀事
　　　　5.一人一款命
　　　　6.稅厝的紳士

台灣羅馬字音標符號及例字

聲母

合唇音	p	ph	m	b
	褒	波	摩	帽

舌尖音 (舌齒音)	t	th	n	l
	刀	桃	那	羅

舌根音	k	kh	ng	g
	哥	科	雅	鵝

舌面音	ts	tsh	s	j
	懆 之	臊 痴	挲 詩	如 字

喉　音	h
	和 好

韻母

主要母音	a	i	u	e	o(ə)	oo(o)
	阿	衣	于	挨	蚵	烏

鼻聲主母音	ann	inn		enn	onn	
	餡	圓		嬰	唔	

複母音	ai	au	ia	iu	io	(ioo)
	哀	歐	野	憂	腰	喲
	ua	ui	ue	uai	iau	
	娃	威	鍋	歪	夭	

鼻聲複母音	ainn	aunn	iann	iunn	ionn	
	偕	懊	營	鴦	羊	
	uann	uinn	uenn	uainn	iaunn	
	碗	○	○	歪	喵	

入聲韻母 p t k	ap	at	ak	ip	it	ik
	壓	遏	握	揖	一	億
	op	ut	ok	iap	iat	iak
	○	鬱	惡	葉	謁	○
		uat	iok			
		越	約			

入聲韻母 h	ah	ih	uh	eh	oh	ooh
	鴨	噫	噎	厄	僫	喔
	auh	iah	uah	ueh	ioh	iuh
	○	挖	哇	喂	臆	○
	annh	innh	ennh	onnh	mh	ngh
	○	○	○	○	○	○

韻尾母音

am	an	ang	im	in	ing
庵	安	尪	音	因	英
om	un	ong	iam	ian	iang
掩	溫	翁	閹	煙	央
	uan	uang			iong
	彎	嚾			勇
m		ng			
姆		黃			

聲調

1	2	3	4	5	6	7	8
第一聲	第二聲	第三聲	第四聲	第五聲	第六聲	第七聲	第八聲
	／	＼		＾		－	｜
獅	虎	豹	鱉	牛	馬	象	鹿
sai	hóo	pà	pih	gû	bé	tshiūnn	lȯk
am	ám	àm	ap	âm	ám	ām	ȧp
庵	泔	暗	壓	醃	泔	頷	盒

in	ín	ìn	it	în	ín	īn	it
因	允	印	一	寅	允	孕	一(tsit)
ong	óng	òng	ok	ông	óng	ōng	o̍k
翁	往	盎	惡	王	往	旺	嘔

變調

雞	鳥	燕	鴨	鵝	鳥	雁	鶴
ke	tsiáu	iàn	ah	gô	tsiáu	gān	ho̍h
↓	↓	↓	↓	↓	↓	↓	↓
kē	tsiau	ián	á	gō	tsiau	gàn	hò
母	翼	窩	頭	肉	毛	管	骨

國家圖書館出版品預行編目資料

拋荒的故事. 第五輯, 田庄人氣紀事 / 陳明仁原
著；蔡詠淯漢字改寫. - - 初版. - - 台北市：前
衛，2014.01
256面；13×18.5公分

ISBN 978-957-801-732-0(平裝附光碟片)

863.57   102025016

拋荒的故事
第五輯, 田庄人氣紀事

原　　著	Asia Jilimpo 陳明仁
漢字改寫	蔡詠淯
中文註解	蔡詠淯　陳豐惠　陳明仁
插　　畫	林振生
美術設計	大觀視覺顧問
內頁排版	宸遠彩藝
責任編輯	陳豐惠　黃紹寧
出 版 者	前衛出版社
	10468 台北市中山區農安街153號4F之3
	Tel：02-25865708　Fax：02-25863758
	郵撥帳號：05625551
	e-mail：a4791@ms15.hinet.net
	http://www.avanguard.com.tw
出版總監	林文欽
法律顧問	南國春秋法律事務所林峰正律師
總 經 銷	紅螞蟻圖書有限公司
	台北市內湖區舊宗路二段121巷19號
	Tel：02-27953656　Fax：02-27954100
出版日期	2014年1月初版一刷

定　　價　1書2CD新台幣600元
©Avanguard Publishing House 2014
Printed in Taiwan　ISBN 978-957-801-732-0